Metempsicosis

Rodrigo Rey Rosa

Metempsicosis

ALFAGUARA

Papel certificado por el Forest Stewardship Council®

Penguin
Random House
Grupo Editorial

Primera edición: enero de 2024

© 2024, Rodrigo Rey Rosa
© 2024, Penguin Random House Grupo Editorial, S. A. U.
Travessera de Gràcia, 47-49. 08021 Barcelona

© Diseño: Penguin Random House Grupo Editorial, inspirado en un diseño original de Enric Satué

Printed in Spain – Impreso en España

ISBN: 978-84-204-7674-2
Depósito legal: B-17821-2023

Compuesto en Arca Edinet, S. L.
Impreso en Unigraf, Móstoles (Madrid)

A L 7 6 7 4 2

PRIMER LIBRO
Metempsicosis

Yo conozco el número de granos de arena y las medidas del mar.

HERÓDOTO, I, 47

Reinicio

1.

No puedo quejarme. Estoy en un lugar alto, veo los montes al este y al oeste y el mar y dos o tres islas (una de ellas puede ser lengua de tierra) en el sur. El cuarto es amplio, luminoso, y aunque las ventanas, que se alzan hasta el techo, no pueden abrirse, el aire que se respira parece limpio y fresco —hay conductos de ventilación, fuera de alcance por la altura, en las paredes—. Hay un jardín muy amplio, ¿un parque?, en la ladera bajo la ventana. De día el ruido de algún automóvil, una motocicleta o una motosierra interrumpe el silencio, y los gritos de cuervos, cornejas y pericos. Pero por las ventanas de vidrio espeso, el ruido llega como con sordina. El silencio, de noche, es similar al del campo. Se oyen apenas la lluvia o las chicharras.

Me siento tan débil que la idea de levantarme de la cama se me vuelve hazaña. Si tuviera deseos de salir a dar un paseo, ¿algo me lo impediría?

En la mesita de luz al lado de la cama, donde permanezco desde que tengo conciencia, hay un sobre de manila que contiene varias hojas de papel: una serie de correos electrónicos que llevan el encabezado de una cuenta que reconozco, después de un momento de perplejidad, como mía.

No hay computadora ni teléfono ni ninguna clase de aparato a la vista, salvo lo que supongo que es una camarita de vigilancia junto a la luz cenital hacia el centro del techo.

2.

Leí anoche los correos, que son once, poco antes de apagar las luces y dormirme. Están dirigidos a mí, *me contestan*, pero se refieren a hechos y cosas que no recuerdo o recuerdo demasiado vagamente. Todos están firmados con el nombre de Atina.

Primer correo

Querido,
Lidia me regaló hace poco un libro de Benedetta Craveri, la bisnieta de Benedetto Croce. Buena parte del volumen lo conforma la correspondencia entre la marquesa du Deffand, Voltaire y Horacio Walpole. La Craveri-Croce escribe mejor no se puede, aunque cojea del pie conservador (como creo que tú has dicho, tal vez en broma, que cojeo yo) y de cierta autocomplacencia aristocrática.

La lectura de esas cartas me ha entristecido, tanto porque los tres personajes se manifiestan como hipócritas, egoístas y muy vanidosos como porque parece imposible que nadie vuelva a escribir cartas así.

Tú y yo pudimos haber seguido viviendo juntos. Pero siempre imaginé que sería en París. Tú escogiste Atenas. Yo no puedo trabajar en Atenas, como sabes —problemas de impuestos aparte—. Nos veremos cada vez que podamos, prometimos. No te abandoné, como creo que has asegurado a mis amistades griegas y a las otras.

Segundo correo

... acerca de Zenovia: así pueden ser mis compatriotas. Es como si no hubiera posibilidad de «punto neutro». No entiendo por qué te aborrece tanto.

Pero querido, en mi país hay tantos prejuicios «de origen» y tantos sentimientos de enemistad o simpatía por motivos étnicos, religiosos, políticos y familiares que no se entiende cómo caben en un solo país. Grecia es una nación más profundamente dividida de lo que aparenta, no importa desde qué ángulo la veas. ¡Es por eso que las cosas no funcionan!

Un extranjero, sobre todo si es del sur, es sospechoso de cualquier cosa. Es un buscavidas, o un prófugo de su país por algún hecho fraudulento, por tráfico de drogas o de influencias, por lo que sea. Debió quedarse en casa, en definitiva: ese ha de ser el punto de Z. (como el de tanta gente como ella), más allá de la situación económica o el estrato social.

Tercer correo

¿No has pensado en mudarte? Yo no me sentiría cómoda ni segura viviendo en la casa de una persona así. (El problema de los olores bastaría para ahuyentarme.) Recuerda que sus vecinos son aliados naturales suyos, no tuyos, en última instancia. Esto no impide que la detesten, como crees que la detestan, por alquilar su apartamento por Airbnb. Dices que es un poeta, tu vecino que se queja del ruido que haces por las noches (tú, que eres más silencioso que un ratón). Ventanas y puertas que se cierran violentamente, ¡o piedras, ¿o libros?, que dejas caer al suelo! ¿O es que has armado fiestas ahí y no me lo has contado?

Cuarto correo

No has contestado a varias de mis preguntas.

Siento mucho que tu proyecto de traducir ese «Manuscrito con encantamientos» del Museo Bizantino no haya progresado. La directora y su hermanito son funestos, los conozco. Voy a ver si se me ocurre cómo salvar el obstáculo que representan. Habrá que tocar puertas en los sitios más elevados.

Lo que me cuentas acerca de tu nueva amistad ateniense —¡un *homeless*!— me parece el colmo de la ingenuidad. Ten cuidado también con él, por favor. Mucha gente que termina en la calle tiene un pasado oscuro.

Quinto correo

Imagino la escena: Z. y sus «testigos» inspeccionando pulgada a pulgada el apartamento en busca del menor daño o desperfecto. Tu abogado, presente, y poniendo en blanco los ojos de vez en cuando, recomendando paciencia. El juego de manos a la

hora de restituir el dinero que te tenía que devolver...
¿Tres horas estuvieron en esas, dices, antes de que Z.
firmara el *addendum*? Para un alquiler de seis meses,
¡por Dios! Has hecho bien en no devolverle las llaves
ni dejar que se salga con la suya. Tienes todo el derecho de permanecer ahí hasta fin de año, como te ha
dicho tu abogado. Por cierto, espero que no te haya
cobrado más de la cuenta.

Sexto correo

Acabo de recibir un mensaje de casa. Me piden
que vaya cuanto antes por un asunto grave, pero no
me dan detalles. Espero que no sea nada que te concierna, pero tengo ese presentimiento. Ya sabes que
no confío completamente en la veracidad ni en la
cordura de mi madre, quien me escribe. Usa el plural
para dar a entender que mi padre está enterado de lo
que me dice. Por favor mándame alguna señal. Espero que estés bien.

Si tienes tiempo cuéntame qué libros estás leyendo. ¿Estás escribiendo algo nuevo, traduciendo de
mi lengua, mi antigua y proteica lengua?

Te quejas otra vez de tu «nueva propietaria».
Debe de estar un poco loca, como dices. Siendo de
Kefaloniá, no es una sorpresa. También mi familia
es de ahí, como sabes, y tenemos fama de lunáticos.
Su apellido es un poco raro, dudo que sea realmente
griega. ¿Búlgara, húngara tal vez? Suena, por lo menos, bastante neurótica. Y me temo que también ha
de ser racista. (Tú mismo dices que tienes rasgos africanos, aunque a mí me parecen más bien olmecas.)

Ten cuidado, por favor. Espero que hayas cambiado las cerraduras. No lo dejes para más tarde, como acostumbras hacer con casi todo.

Si el abogado no quiso cobrarte, ¡consérvalo! Pero me parece tan raro. ¿No te despierta desconfianza?

Séptimo correo

No has contestado a mi último correo. ¿Estás bien? Creo que iré a Atenas hacia finales de febrero. ¡Espero verte!

Octavo correo

Comienzo a preocuparme en serio por tu silencio. Intenté llamarte pero el nuevo número no funciona. Hablé con varios amigos allá estos días, para preguntar por ti. Nadie sabe dónde te has metido. Podrías al menos acusar recibo de este, ¡por favor!

Noveno correo

Acabo de comprar un billete para volar a Atenas este fin de semana. No es solo para ver cómo estás, si es que llego a verte... Necesito ayudar a mis padres a resolver un par de problemas bastante serios.

¿Quieres que nos encontremos? Espero tus noticias con ansiedad.

Décimo correo

No sé si leerás este correo, no sé si estás bien, ¡no sé si estás vivo! Ya estoy en Atenas y no sé qué hacer. ¿Quieres obligarme a recurrir a la policía para encontrarte?

Recién aterrizada, fui de compras con mi madre, que está obsesionada con hacer acopio de víveres por temor a una posible carestía por la guerra que está comenzando. ¿O para poder esconderse durante algún tiempo, a salvo de los recaudadores de impuestos, me pregunto?

Onceno correo

Acabo de hablar con Gerásimo. Me contó que han tenido que internarte en un psiquiátrico. ¿Dafní? No me quedó claro. Le he pedido que te haga transferir a su clínica privada en Kavala. Estoy segura de que ahí estarás mejor.

3.

Esta mañana, cuando me sentí con suficiente ánimo para salir de la cama, comprobé, para mi gran disgusto, que la puerta principal de la habitación donde me encuentro cierra por fuera.

No sé por qué, asocio el recuerdo de la mujer que me escribe con una playa desierta. Un lugar plácido y amplio con el mar enfrente —temor y placer conjugados.

El nombre de Gerásimo ha hecho eco en mi cerebro, que siento que es como una caja vacía. No consigo ubicarlo, asignarle una cara, una figura. Lo mismo me ocurre con Atina. ¿Puede ser una simuladora?

4.

¡Una mujer que dice que me quiere puede estar en camino para libertarme! Podría llegar en cualquier momento (una vez haya hecho las compras con su señora madre, que parece que corre el riesgo de ser arrestada por evasión de impuestos y está pensando en esconderse, tal vez en el extranjero).

Desde mi cama, donde sigo tumbado, veo constantemente el mar.

Suena el timbre y la puerta se abre.

Con permiso —dice una voz suave y masculina que me parece familiar.

Viste bata blanca y mascarilla verde. Me saluda con una inclinación de la cabeza.

Es el doctor Galanis, me dice en inglés. Gerásimo Galanis, como si yo debiera recordarlo.

No lo ubico —le digo.

¿Cómo estamos?

Tardo en responder. Me doy cuenta de que estoy como ausente, con el pájaro ido, recuerdo que dicen en mi tierra, que está demasiado lejos. Se me hace un nudo en la garganta.

Bien —consigo decir al fin—. Bueno, la verdad, no sé qué estoy haciendo aquí.

Sonrisa benevolente.

El pasado volverá —me asegura—. Casi siempre vuelve.

Como si conociera mi pasado, pienso.

Ya has perdido la memoria en otras ocasiones, según tu historial —me dice—. Arritmia cerebral... Hay que tener paciencia. Pero tienes suerte. Hay gente que se interesa activamente por tu bienestar.

¿Se refiere a Atina?

Imagina, si es posible —continúa—, que el pasado es como una noche muy larga poblada de sueños. Al llegar la mañana, la noche ya no importa. ¡Hay que mirar hacia adelante!

Pero delante de mí, más allá del decorado de colinas cubiertas de cubos blancos con el mar en el fondo, yo presiento un inmenso espacio vacío.

Claro —digo—. ¿Dónde están los correos que yo escribí?

Me alegra que preguntes —dice, y sus ojos se desvían un momento de los míos a la mesa de luz donde está el sobre—. Luego te los traigo, junto con otras cosas tuyas. Está comprobado que sentirnos obligados a usarla ayuda a recuperar la memoria. Al leer los correos de Atina sin la contraparte tuya, tu cerebro se siente estimulado, se inclina hacia el pasado, ¿sí?, para crear la contraparte: esas preguntas o respuestas tuyas que tal vez no consigues recordar.

Soy un experimento, pienso, como dice la canción. No digo nada.

¿Hay algo que necesites, algo que quieras ahora mismo?

¿Qué me han dado?

Expresión de asombro.

¿Qué medicamentos? Olanzapine, para empezar. Es de lo más nuevito que hay. Un poco de Diazepam, como aditivo, para bajar la agresividad.

—Una sonrisa—. Estuviste muy agresivo. ¡Querías matar a Francisco! Pero claro, no lo recuerdas. —Esto era verdad; pero ¿quién es Francisco, para comenzar?—. Había que ayudarle a tu cerebro a rebotar. Has dormido dos días enteros, sin interrupción, o nada más con una breve interrupción. Disculpa. ¿No recuerdas nada, de verdad?

Nada. Nada.

Después de la lectura de esos correos, en mi cabeza se formó como un esbozo de mi pasado, eso era cierto. Yo me había mudado a Atenas. Una mujer que me quería había venido desde París para asegurarse de que yo estuviera bien, entre otras cosas. Era rubia y alta, o así la imaginaba yo. Algo era algo.

Mis ojos recorren el cuarto.

¿Quién está pagando por todo esto?

El doctor se ríe.

De eso también tengo que hablarte —dice.

Tiene un sobre blanco tamaño carta bajo el sobaco; lo mira, lo toma, me lo extiende.

Cuando estés de ánimo, por favor revisa estos papeles. Con toda la calma del mundo. Volveré a visitarte más tarde.

¿Puedo ver una foto? —le pido.

¿Una foto?

De ella. De Atina.

Se oye un zumbido eléctrico. El doctor extrae un celular de un estuchito que lleva al cinto.

Embrós?

Un intercambio de palabras que he oído antes pero que no alcanzo a comprender.

Es un poco tarde —me dice, guardándose el telefonito, sonriente—. Parece que ya está aquí.

5.

La mujer que entra por la puerta que acaba de cerrar el doctor es pequeñita, de rasgos angulosos y grandes ojos negros. No puede ser Atina, pienso. El bolso que le cuelga del hombro casi toca el suelo. Lleva una máscara sanitaria negra con diseño de espirales doradas. Busco en el desbarajuste de mi memoria y no encuentro nada.

Se llama Blanca Mora, es española.

Es la asistente personal de Atina, explica. Me visita en su lugar. Atina ha tenido un contratiempo de ultimísima hora. Un asunto impostergable.

Su madre, pienso.

Vinimos desde Atenas con el coche de su padre. Recibió una llamada cuando ya casi estábamos aquí. Ha tenido que volverse. Pero me pidió que pusiera esto en sus manos. Personalmente. —Muy por lo bajo—: Ya no confía en nadie.

Saca del bolso una carpeta azul. La pone con cuidado en la mesita de luz, de modo que cubre parcialmente el sobre de los correos y el que acaba de darme el doctor.

Quiere que lea usted eso cuanto antes. Tal vez le ayude a explicar su situación. Parece que usted mismo lo escribió, y acabó en manos del doctor. Yo no sé nada más.

Quieren confundirme, pienso.

La mujer se queda de pie junto a la cama. Retrocede un paso y adivino una sonrisa debajo de la máscara.

Me han dicho que usted escribe. A mí me gustaría escribir. —Mira alrededor del cuarto—. Aquí una debe de tener tiempo de sobra.

Sus ojos me inspiran confianza. Pregunto:

¿Qué clase de lugar es este?

Una clínica. ¿No lo sabía?

¿Qué clase de clínica?

Una clínica privada. —Mira a un lado y a otro como para asegurarse de que estamos solos. En voz baja—: Es una clínica psiquiátrica. Muy exclusiva. Muy discreta. Una no lo diría. No hay letreros en ninguna parte.

Yo sabía una cosa o dos acerca de clínicas privadas.

¿Sí? Pero yo no pedí que me trajeran —protesto.

No se preocupe. Atina está haciendo todo lo posible para que lo dejen salir. Hay que cerrar algunos trámites. Hay que tener paciencia.

Es la segunda vez en menos de una hora que me recetan paciencia —digo.

Se ríe.

¿Sabe que no recuerdo nada de nada? Recuerdo mi nombre, pero me costó encontrarlo. Recuerdo... No sé si recuerdo o solo creo que recuerdo algunas cosas... Siento que me han manoseado el cerebro.

Pobrecillo —me dice.

Por la expresión de sus ojos supongo que está un poco asustada. ¿Tal vez le doy lástima? Mira su reloj de pulsera; grande, masculino.

Qué rápido pasa el tiempo. ¡Adiós!

6.

Rasgo el sobre que me dio el doctor. Dentro, sujeta a unos papeles con un alacrancito rojo, encuentro una tarjeta de presentación: DOCTOR GERÁSIMO GALANIS. NEURÓLOGO Y PSIQUIATRA. Y más abajo, escrito a mano en tinta verde: *Por favor, lee y firma.*

Observo el documento, un impreso en papel de cien gramos. Me causa sorpresa y disgusto. No quiero comenzar a leer.

Me rasco la fosa del codo izquierdo, donde siento un escozor. Me arremango la pijama. Tres puntitos oscuros junto a la vena forman un triángulo equilátero. Me han drogado, voy a demandarlos, pienso.

El documento está en griego. Otro ataque de cansancio. Descifro la fecha. Un documento legal, es claro. Lee y firma. Tiene gracia, me digo a mí mismo.

En una o dos páginas escritas a renglón abierto puede darse cuenta de una vida humana. Reconozco uno de mis nombres, el lugar y la fecha en que nací. El nombre de mi padre (falta el de mi madre). Un ligero mareo. No voy a hacer el esfuerzo de seguir leyendo. Exigiré una traducción. El cansancio me domina.

Me despierto y ya estoy buscando un timbre para llamar a alguien. ¡Necesito un teléfono! Me levanto de la cama y doy unos pasos tambaleantes hacia la puerta. No la puedo abrir. La golpeo con el puño. Me quedo esperando. Derrotado, doy tres o cuatro puñetazos a la puerta y regreso a la cama.

Lee y firma. Desde luego.

7.

Por la tarde me visita un hombre que dice llamarse Manos. Bajo, rollizo, calvo. Muy cordial. Parece más bien un sastre, pienso, pero ha de ser médico. Viste una bata blanca dudosamente limpia y no lleva mascarilla.

¿Cómo va eso?

Aquí estamos —le digo.

¿Está cómodo?

¿También usted habla español?

Saqué la especialidad en Sevilla. Psiquiatría de enlace. ¿Recuerda su nombre?

Niego con la cabeza.

Sonríe.

Sí, lo recuerda, hombre. No quiera engañarme. Está bien. No se preocupe. Sufrió un episodio. ¿No recuerda nada, de verdad? —Me mira fijamente—. Oía voces que le decían que debía matar al Papa. —Se sonríe—. No tiene por qué repetirse. Vamos a protegerlo.

Pienso: ¿Quién está organizando todo esto?

¿Protegerme? ¿Contra qué? —pregunto.

No se preocupe —replica—. Todo va a estar bien.

Se va, y me quedo mirando la panorámica de colinas cubiertas de cubos blancos y el resplandor, a lo lejos, de un mar cuyo nombre desconozco y que pese a la distancia comunica una sensación de libertad.

8.

Un cansancio enorme vuelve a dominarme en el momento en que Manos sale del cuarto. Cuando intento penetrar ahí, el pasado es una neblina densa, cambiante, zigzagueante.

Quiero leer los papeles que acaban de traerme. Pero no encuentro las fuerzas para alargar un brazo y alcanzar la carpeta o el sobre; ni siquiera para alzar una mano por encima de mi cabeza y buscar el interruptor de la luz. Cierro los ojos. Veo líneas grises mixtas que vibran sobre un fondo rojo. Me digo a mí mismo que, por ahora, lo único que puedo hacer es tratar de recobrar fuerzas.

Al despertar y abrir los ojos —cielo raso blanco, lámpara en el centro y camarita al lado— me siento restablecido. He soñado intensamente. He delirado en sueños, diría, pero también he descansado. Sacudo las almohadas y las acomodo para incorporarme en la cama. Al lado de la cama, hasta ahora no lo había visto, hay un carrito de comida con los elementos de mi desayuno favorito: jugo de naranja, pan, mantequilla, mermelada, café. El movimiento de las tripas. Esto es el hambre, me digo. ¡Hace tanto que no sentía hambre!

Como tomándome mi tiempo, aunque siento una gran impaciencia por leer. Dejo el café a medias, me abstengo de ingerir tres pastillas de distintos colores que están en un vasito de papel. Alcanzo el sobre que me dio el doctor. La carpeta azul ha caído al suelo. Hay unas hojas dispersas al pie de la mesita, algunas semiocultas debajo de la cama. ¿Hice caer todo esto sin querer mientras dormía? ¿Soñé que leía esos papeles, o los leí en realidad? En una de las hojas dice: METEMPSICOSIS. Sigue una nota explicatoria, al pie de la cual leo *Rupert Ranke.*

Metempsicosis

El texto que sigue fue escrito por un hombre cuyas facultades mentales se encontraban en franco deterioro (pasados los sesenta años, incluso antes, nadie está exento de sufrir accesos de locura inesperados, que pueden ser pasajeros o verdaderos viajes sin retorno), algo que quizá no sea fácil advertir al principio pero que irá haciéndose evidente según se va avanzando en la lectura, que termina por ser delirante. Quien decida aventurarse por estas páginas debe saber que no encontrará en ellas pensamientos edificantes, sabiduría perenne ni moraleja alguna. Pero podrá experimentar el dudoso placer de dejarse conducir por fuerzas extrañas, mediante una prosa bastante correcta, hacia lugares de difícil acceso aun para una imaginación desaforada.

Encontré los cuadernos manuscritos del autor guatemalteco a principios del 2022, en Atenas. Lo buscaba con la intención de, por así decirlo, ajustar cuentas. ¿O tal vez debo decir que mi intención era explorar la manera de devolverle el favor de hacer publicar mi primer libro? Es cierto que cumplió con mi deseo, básicamente. Pero, además de no molestarse en hacerme llegar dinero alguno por la publicación ni las regalías que el libro debió de generar, utilizó mi historia y exageró algunos aspectos para llevar agua a su molino. Dejó entender que la tradujo del alemán, cuando yo la escribí casi íntegramente en inglés, para dar un ejemplo. Sea como fuere, llegué a Atenas un poco tarde, según me informaron los vecinos del inmueble en la calle Semelis del barrio Elíseo, donde el guatemalteco residió entre los meses de agosto y diciembre del 2021. Cuando me presenté en busca de él, a mediados de enero del 22, hacía algún tiempo que nadie lo veía. La propietaria del apartamento que alquilaba en el sexto y último piso, y donde me alojo ahora, no me facilitó el acceso a sus papeles hasta que pudo comprobar que yo tenía «relaciones literarias» con su antiguo inquilino —por quien ella había sentido desconfianza desde el principio, como me dijo— y que mi interés era estrictamente literario. Después de todo, una veintena de ejemplares de mi primer libro, traducido, editado y alterado por el guatemalteco (y que ostentan mi nombre, aunque no mi fotografía) se encontraban en el interior del apartamento, adonde habían sido enviados por los editores, quienes me facilitaron la dirección.

No irán muy descaminados quienes vean en este modesto hallazgo una manifestación de la llamada justicia poética. Pero yo no alteré ningún pasaje. Ni siquiera trasladé a la primera persona del singular algunas páginas redactadas en la tercera, pese a ser evidentemente autobiográficas. Traduje algunos diálogos, escritos originalmente en griego básico; corregí errores de ortografía y puntuación; y ordené, para su mejor inteligencia, una serie de cuadernos de distintos tamaños y colores y algunas hojas sueltas que estaban dispersos sobre el escritorio y por el suelo de la sala del autor.

RUPERT RANKE

Primer cuaderno

La primera oración que aprendí a decir en griego, Atina me la enseñó.

¿Puedo pagar, por favor?

Pagué ese día mi primer *souvlaki* en El Pireo, mi primer ferri hacia una isla del Dodecaneso. Pese a que me negara a reconocerlo en su momento, había venido aquí por sugerencia de ella. Ahora quiero anotar lo que me ha ido pasando desde que dejó de estar aquí.

Me había mudado a este pequeño ático en la calle Semelis, en la parte alta del barrio que abarca las colinas elíseas, el parque de pinos, robles y cipreses a orillas del arroyo, hoy seco, donde se bañaba Hermes, al este del Partenón, que tengo a la vista.

Hacia el sur hay una pared sin ventanas, con una chimenea embebida y unos anaqueles cargados de libros cubiertos con sábanas blancas (porque no quiero verlos). Directamente encima de la boca de la chimenea hay unas grandes letras en sánscrito trazadas con pintura gruesa color caca de bebé: el famoso símbolo del mantra OM (ॐ).

La dueña del apartamento es maestra de yoga y terapeuta psicológica. Tiene una expresión infeliz y es poco amable. Pero firmamos un contrato y yo podría vivir allí durante al menos un año. En el momento de firmar, el signo en sánscrito no me había molestado.

En el apartamento, pasaba las horas leyendo frente a la chimenea en un sofá en forma de L en medio de la sala. Cada vez que alzaba los ojos para descansarlos, veía la sílaba OM, que pronto comenzó a ponerme mal de los nervios. Pensaba en borrarla. Apartaba la vista para mirar por la ventana: el perfil del hotel Hilton y, a lo lejos, como en miniatura, el Partenón, que de noche estaba iluminado, o, hacia la izquierda, el pezón del monte Licabeto coronado por la iglesita de San Jorge.

La tarde que firmé el contrato de arrendamiento, una vez la dueña me hubo explicado el funcionamiento de varios aparatos, uno que otro desperfecto, un armario condenado con *masking-tape* que yo no debía abrir («Si no le importa, no toque esto. Guardo dentro algunas cositas que no tengo dónde más poner»), se me ocurrió preguntarle si alguna vez un ladrón había penetrado en el apartamento.

Se volvió para mirar con una especie de añoranza el filo de la azotea, donde había una valla protectora con puntas de lanza.

Sí —dijo—. Pero eso fue hace muchos años. Era joven. Muy guapo. ¡Y me besó!

Fui a tomar posesión del apartamento la tarde de mi regreso a Atenas, después de una breve gira por el Peloponeso. Había seguido unos itinerarios de Ranke anotados en sus libretas, sin otro fin que matar el tiempo, y con una esperanza ingenua de encontrármelo. En la antigua Olimpia me sorprendió que el hombre que atendía en la tabernita de Ambrosía no lo recordara, o negara recordarlo. No solía dejar propinas, por principio —recordé. Pero en Naupacto, la antigua Lepanto, en su heladería favorita, desde cuya terraza puede verse una estatua bastante fea de «Thervantes, autor del Quixote», lo recordaban bien.

Me contó la propietaria del ático en Semelis que el vecino del piso de abajo era un viejo y conocido poeta ateniense, a quien no le caían bien los escritores de ficción, como yo. Había sido amigo suyo, pero últimamente se habían distanciado.

Por favor —me dijo—, evite arrastrar muebles, y si puede, tampoco arrastre los pies. Lo oye todo, el poeta, y se queja de todo.

Lo que no me contó es que los vapores de los apartamentos inferiores se filtraban al mío por diferentes caños. A mediodía el olor a fritura de pescado era insoportable. A cualquier hora podía olerse el humo de tabaco, y algunas noches alguien quemaba un incienso a base de jazmín que me causaba mareos.

Confieso —¿pero ante quién?— que oculté o disimulé cosas acerca de Ranke. En buena medida, su primer texto lo escribió en inglés, y eso preferí no aclararlo. Fue por vanidad que insinué haberlo traducido del alemán, lengua que estudié pero que no llegué a dominar. Lo cierto es que después de la publicación de su *Manuscrito hallado en la calle Sócrates*[*] no volví a tener noticias de él, como espe-

---

[*] Título de la ópera prima de Rupert Ranke (Engadina Superior, Suiza, 1973), editada y traducida para Lumen por Rodrigo Rey Rosa. Historiador de

raba y sigo esperando. Mi versión de su relato fue publicada hace poco en Madrid. Es un bonito volumen en rústica, que pasó prácticamente inadvertido por la crítica.

En este mundo dominado por la violencia, la hipocresía y el escándalo, nuestros mayores enemigos —me decía yo a mí mismo— no son ni los tiranos de turno ni los banqueros ni los llamados periodistas culturales, ni aun los promulgadores de la lectura diagonal; el gran enemigo de escritores y poetas es la tecnología informática, es la legión de nuevos sabios o nuevos brujos: los programadores que no creen en la palabra escrita y que, sin entenderla, se burlan de ella, la reducen al absurdo y ningunean el oficio de escribir. Los números contra las letras; el algoritmo contra la oración, epitomaba yo. Mis ideas y proyectos, alimentados en lecturas griegas, latinas, argentinas..., se desvanecían como poemas memorizados en la juventud que, mal recordados, se convertían en otros con los años. Nadie nos leerá después de muertos, porque ya nadie, o casi nadie, lee. Él y yo teníamos, como todo el mundo, muchas historias que contar. Aunque sabemos que ya todo se dijo, que ya todas las historias fueron contadas y repetidas muchas veces, que ni Homero ni la Biblia ni Shakespeare ni Cervantes serán superados nunca, sabemos también que los tiempos de hoy no son los de antes y que nada ocurre dos veces de manera idéntica. (En su ensayo «La doctrina de

_____

la cultura clásica y guía turístico clandestino en Grecia, Ranke se enamora de una guatemalteca obsesionada por una escultura de mármol que ha visto en el Museo Arqueológico de Atenas y que es el vivo retrato de su hijo, desaparecido a los cuatro años. *(N. del E.)*

los ciclos», Borges zanjó la cuestión: «Si el universo consta de un número infinito de términos, es rigurosamente capaz de un número infinito de combinaciones —y la necesidad de un Regreso queda vencida. Queda su mera posibilidad, computable en cero».)

Han acabado con el libro, tal vez; pero no con la página. Y aunque nadie necesite oír lo que nosotros queremos contar, lo contaremos por necesidad, pues no estamos todavía en el mundo de los muertos. ¿O?

Yo sentía un remordimiento ambiguo por no haberme esforzado en transferir sus regalías al novato suizo. Pero estas eran tan exiguas (una modesta cifra de tres dígitos) que temía que el dato lo descorazonaría tanto como me había descorazonado a mí.

Tarde o temprano se pondrá en contacto conmigo, me decía.

Segundo cuaderno

Hacía tanto tiempo que no se sentía tan triste. Una tristeza así, que parecía que provenía de más allá del inicio de la vida, era como el presentimiento del tiempo en que dejaría de existir. Era una tristeza metafísica, quizá innecesaria.

El no creer en la vida más allá de la muerte había sido desde mucho tiempo atrás su manera de estar en el mundo. Pero ahora, ocurridas tantas desgracias, tantas muertes cercanas, una duda profunda, quizá tanto como la idea de la Nada más allá de la muerte, lo asaltaba con frecuencia creciente y lo llenaba de una incertidumbre mezclada con desasosiego; algo que la idea de una Nada total podía disolver de antemano. Sin duda, reflexionaba, era más cómodo tratar de convencerse de que todo concluirá con nuestra pequeña muerte personal. La fe en la Muerte como final último, que él había cultivado contra la fe católica, herencia de sus antepasados, comenzaba a peligrar. Sabía que no sería posible nunca obtener pruebas acerca de la buena o mala inteligencia de esta o aquella fe. Pero una vida entera y ya bastante larga de negación tras negación hacía imposible para él siquiera concebir la idea de buscar alivio en ninguna religión que habría podido acogerlo. Los Grandes Maestros no eran para él. Era demasiado orgulloso para invocar Su ayuda. ¡Se había visto, de pronto, en la necesidad de inventar su propio Dios!

No intentaría convencer o convertir a nadie, no se iniciaría en la carrera de profeta. Pero sentía la obligación (hacia lo que solo podía llamar su conciencia) de convertirse en su propio mesías. Un mesías hereje, tal vez, pero mesías en fin.

Como una iluminación progresiva y lenta, una especie de amanecer interior, las teorías de la transmigración de las almas se habían ido haciendo sitio en su mente. El número total de almas que podían existir en el Universo quizá era incalculable —¿o, como el número de granos de arena en todas las playas del mundo, resultaría calculable por medio de algún algoritmo creado por una hiperinteligencia?— pero eso no era lo esencial. Lo esencial era saber si la muerte no existía.

Si no fue una mera casualidad lo que lo condujo aquel otoño a aquella ciudad, ¿qué fue? Si uno no era capaz de inventar su propio Dios (escribir, por ejemplo: Dios es la cosa más pequeña que pueda existir en cualquier Mundo) —razonaba— tampoco era digno de tenerlo. En rigor, lo que no se merece no se puede poseer. Si hay lugar para un Dios, ¿no hay lugar para todos los dioses? Si el espacio es infinito y puede seguir expandiéndose, ¿todos los dioses que inventemos son posibles?

Hasta aquel momento, había rechazado la idea de comprar un teléfono inteligente. Pero las circunstancias actuales —como las necesidades de llevar consigo siempre el QR sanitario, de abrir una nueva cuenta de banco y pagar servicios de agua y electricidad en Grecia; y el fácil acceso que el aparatito daba a mapas, catálogos, directorios...— lo habían decidido a cambiar. No sin recelo, pensando en cómo la posesión de un iPhone comprometía la intimidad, y también con cierta ligereza (encogimiento de hombros: a quién —gurús del mercadeo aparte— le importa lo que digo, lo que compro, lo que investigo en línea) ya estaba dispuesto a ser parte integrante de la red o de la nube. Después de mostrar a la entrada de la tienda de teléfonos un papel ajado con el pase sanitario, explicó a una vendedora que quería el iPhone más pequeño y práctico que existiera. ¿El precio? Poco importaba.

Subía despacio por la avenida de la Academia, recién salido de un banco griego, donde acababa de comprobar con satisfacción que cierta suma de dinero había llegado a Grecia para él desde el otro lado del mar. Con aquella pequeña fortuna podría vivir durante algunos años gastando, como dicen, sin contar; y recorriendo las islas, el Peloponeso, las regiones del norte, ¡Salónica!, quizá también Albania y Turquía, Irak... No pedía más.

En la esquina de Academia y América vio a un hombre semidesnudo, descalzo, de largo pelo gris, tendido en el suelo sobre una colchoneta de yoga carcomida por el tiempo y un edredón doblado en dos. A modo de almohada, debajo del maxilar tenía una pilita de tres o cuatro libros de pasta verde. ¡Clásicos Loeb de Harvard! Al lado del colchón hechizo, dentro de una bolsa de plástico traslúcida, una torrecita de CD. No vio por ninguna parte el típico recipiente limosnero a la espera de unas monedas o el billete ocasional.

Era una mañana fría pero el hombre yacente parecía insensible al frío. Tenía los ojos bien abiertos. Miraban fijamente la superficie de la acera con baldosas pododáctiles de rayas y puntos. En sus labios estaba dibujada una suave sonrisa de sabio.

Un Diógenes contemporáneo, pensó el extranjero. Subió algunos pasos por la calle de América, se detuvo y se volvió para mirar atrás. Los ojos del otro seguían fijos en la superficie de la acera, y nuestro sujeto pensó que sus pies, calzados con unas zapatillas Hoka de suela gruesa y esponjada, estarían dentro de su campo visual. Después de dudarlo un instante, desanduvo sus pasos hasta la esquina para detenerse junto al hombre semidesnudo. Iba a hablarle en griego, por mal que lo hiciera.

El hombre tenía una sábana blanca que le cubría un hombro y la espalda, la mitad del pecho, rosado y sin vello, y se le enredaba entre las piernas. Sus ojos no se habían movido, y por la mente de quien lo observaba cruzó la idea de que tal vez estaba muerto. Sin embargo, después de permanecer parado ahí un momento, inclinado ligeramente sobre el otro, pudo comprobar que vientre y pecho se movían, aunque de modo casi imperceptible, con su respiración.

Buenos días, señor —le dijo en griego—. *Kalimera, kírie.*

El otro, sin mover los ojos, con una voz ronca y nasal:

Seguro.

Hablo poco griego. Quiero practicarlo.

Muy bien.

¿Cómo se llama, por favor?

El hombre surge del caos.

Aunque comprendía las palabras, no supo qué quiso decirle.

Disculpe —siguió el otro—, ahora mismo estoy ocupado. ¿Podemos hablar en otro momento?

Claro. —Pero se preguntaba en qué estaría ocupado—. Ningún problema.

Se lo agradezco.

Se le ocurrió preguntarle si podría encontrarlo otra vez en aquella esquina.

Es posible. Aunque no tengo lugar fijo. —Sonrió—. Estoy casi seguro de que volveremos a encontrarnos. Atenas parece grande, pero es pequeña.

¿Puedo preguntarle en qué está ocupado?

Cerró los ojos y la sonrisa desapareció de sus labios.

Quiero resolver un problema. Necesito concentrarme.

Lo dejo. Espero que volvamos a vernos.

Sto kaló —dijo el otro—. («Vayamos hacia lo bueno» sería una posible traducción.)

Sto kaló —contestó el meteco, girando sobre sus talones para subir de nuevo por la calle de América en dirección a Kolonaki, el barrio de los señoritos y el bótox, donde quería hacer unas compras.

Tal vez aquel encuentro no había sido fortuito. Tal vez el otro se enteró de que él iría a aquel banco (había pedido cita dos días antes) y que pasaría por aquella esquina... Tal vez lo había estado esperando. ¡Pero si había sido él quien se fijó en el otro, quien volvió sobre sus pasos para presentársele! Era solo un pobre loco —se dijo a sí mismo para sacárselo de la cabeza— como los hay en todo el mundo. Siempre le había parecido admirable cómo andaban por las calles como si fueran suyas. Y había escogido entablar conversación con él, de entre toda la gente en aquella ciudad en donde, aparte de un pequeño círculo de conocidos y amigos de amigos, no tenía relación con nadie.

Quizá había encontrado al *Homo sacer* que decía Agamben; un marginal en el sentido más amplio, un ser desechable que podía ser eliminado impunemente. Él, un hombre que podía considerarse afortunado, y el hombre semidesnudo de ojos azules, ¿podían iniciar una relación que tolerara el calificativo de amistad —podrían mantener una relación de igual a igual, una relación fraternal?

Hechas las compras, tomó un taxi para volver a casa.

Tercer cuaderno

Alzadas las compras, con el nuevo telefonito ya activado, me tumbé en el sofá en forma de L, evitando la vista del signo color mostaza, para leer la prensa extranjera. El hombre semidesnudo de ojos azules no leería periódicos, pensé, y recordé la pilita de libros de pasta verde sobre los que descansaba su cabeza. Yo tenía una pequeña colección de libros como aquellos. Los había comprado poco tiempo atrás en Atenas, recién pasada la primera gran ola de la pandemia. Leyéndolos, había entrado en contacto con un aspecto de esta región del mundo que —lecturas nietzscheanas aparte— era nuevo para mí.

Sentí el impulso de volver a la calle para buscar a aquel individuo —a aquel *átomo*, como se dice en griego— con quien tal vez podría entablar una relación de amistad. ¡Yo necesitaba ejercitar mi griego! Las conversaciones con dependientes y taxistas, con quienes solía practicar, estaban condenadas a la monotonía. Con el hombre semidesnudo sería diferente. ¿Y si era —fantaseaba— una reencarnación de algún sabio de veintitantos siglos atrás? Podía ser también un loco que creía serlo; qué más daba. Su manera de sonreír y hablar, su voz ronca y pastosa, su actitud reservada y superior; todo esto hacía de él un interlocutor ideal.

Me quedé leyendo en un diario local un artículo sobre la China y su política actual. Dormí una siesta breve y vivificante. Al despertar vi por mi telefonito nuevo, que no dominaba todavía, que eran casi las cinco de la tarde. Los grillos y las chicharras chirriaban en el bosque de grandes árboles de las colinas elíseas. A lo lejos, el mar del golfo Sarónico era un resplandor anacarado más allá de las extensiones de edificios modernos, feos, más o menos blancos.

¿Cómo es que aprendiste griego? —me preguntaba el átomo semidesnudo unos días más tarde, después de encontrarnos por azar no muy lejos de la estación de metro de Teseo.

Le conté cómo dos años antes me enamoré de una mujer griega quien, inoportunamente, decidió mudarse a París. Con ella había comenzado a leer poemas de Cavafis, Seferis, Elitis; en honor a ella memoricé los primeros versos del poema de Solomós que componen el himno nacional de Grecia (que a ella no le gustaba, como descubrí muy pronto: detestaba, por nacionalistas, todos los himnos nacionales). Y cómo, recién llegado a Atenas, comencé a recibir lecciones de griego moderno en una escuelita particular. Estudiar esa lengua era una terapia. Paraskeví, la directora de la escuelita, era la maestra modelo: joven, alegre, muy paciente.

Pero siento —le dije— que ya estoy olvidando las primeras palabras que aprendí. Es como si por cada paso que doy hacia adelante diera dos para atrás.

Se rio.

El esfuerzo por aprender esta lengua tan complicada está haciéndome senil antes de tiempo —proseguí—. Una especie de lobotomía lingüística. Casi puedo sentir como un corte en la parte superior de mi cabeza. —Señalé el sitio.

La bóveda craneana —precisó.

Nos habíamos sentado en las gradas de hormigón detrás del Observatorio de Filopapo, cuyos jardines se extendían colina arriba a nuestras espaldas. Un joven de rasgos y color dravídicos se nos acercó, mirándome a los ojos. Ya al pie de las escaleras, se fijó en mi acompañante, que no se volvía para no verlo, y, en vez de seguir acercándose, dobló la esquina de la calle Akamantos y no volvió a aparecer.

Un informador —dijo—. De algo tiene que vivir, el pobre.

Unos minutos de silencio y luego:

Lo que le conté sobre mi origen no es creíble, ¿cierto? —preguntó.

Me había dicho, mientras paseábamos después de encontrarnos cerca de Teseo, que su madre había muerto cuando él tenía siete años. Poco antes de morir, ella le contó que la víspera del alumbramiento había soñado que un dios en forma humana la visitaba y le decía que iba a reencarnar en su hijo; que lo cuidara y educara con esmero. Supuse que la mujer debió de conocer la historia de Apolonio de Tiana,* cuyo nacimiento fue anunciado a su madre

---

* Filósofo y maestro de la escuela pitagórica que ejerció en tiempos de Nerón y murió hacia el año noventa de nuestra era. Erró de ciudad en ciudad con fama de hacedor de milagros. Creía en una deidad suprema que no debe nombrarse y en cuyo honor no deben ofrecerse sacrificios sangrientos. «Una ofrenda de humo es suficiente», predicaba su discípulo Damis de Nínive, autor de un «antievangelio», que se ha perdido. Ver: Stefanos Geroulanos, *Historia Arcana*, Militos, Atenas, 2017. *(N. del E.)*

por Hermes, mensajero de los dioses, señor de los sueños, espía nocturno y protector de ladrones. Yo estaba leyendo por aquellos días su *Vida*, novelada por Filóstrato hacia el año 222.

¿Por qué no iba creerlo? —dije.

No pasó un mes antes de que, a la entrada del Museo Bizantino, en la avenida Reina Sofía, nos encontráramos de nuevo —de nuevo por casualidad, o sin que yo sospechara otra cosa.

El museo alberga colecciones nacionales de arte religioso del siglo III al XX, y sus jardines se extienden a un lado del antiguo río Ilissos, hoy seco o subterráneo, que en el siglo V era una zona pantanosa llamada la Isla de los Sapos. Yo había ido al museo por enésima vez. Era un sitio que se había convertido en una obsesión para mí, una obsesión centrada en un manuscrito antiguo. Databa del siglo XVIII y estaba expuesto en una recámara en el subsuelo del museo, tras una vitrina en una sección llamada «Magia» en griego y en inglés. Detrás del vidrio había tres documentos con estas leyendas: *Manuscrito con encantamientos*; *Manuscrito con exorcismos*; *Manuscrito con plegarias*. Dos de ellos, abiertos hacia la mitad, estaban escritos en griego bizantino de manera muy apretada, como si el autor o los autores hubieran sufrido de *horror vacui*. En una página del *Manuscrito con encantamientos* había, en la esquina inferior derecha, un dibujo o un símbolo.

«Encantamiento visual», apunté en una de mis libretas.

Desde el momento en que me inclinaba hacia el vidrio para intentar descifrar unas letras, alguna palabra (cosa imposible), comprendí que necesitaría la ayuda de un paleógrafo. Idea: en colaboración con Paraskeví, mi maestra, verter el griego bizantino al griego moderno, luego el griego moderno al español. Habría que empaparse en lecturas y traducciones de manuscritos griegos de los siglos XVII y XVIII para contextuar aquel «hallazgo». Esos textos bizantinos podían convertirse en pequeños éxitos de ventas, o al menos en motivo de controversia intelectual, fantaseé.

Unos días después de aquella ocurrencia, Paraskeví y yo redactamos un correo electrónico a las autoridades del museo para solicitar escaneados o fotografías del manuscrito con encantamientos. Dos meses pasaron antes de que Paraskeví, quien envió el correo de solicitud, recibiera contestación.

República Helénica. Ministerio de Cultura y Turismo. Departamento General de Arqueología y Cultura. Patrimonio Cultural. Museo Bizantino y Cristiano. Atenas, 1/VII/2021. Impresiones, Manuscritos, Autógrafos. Colección Loverdos.

A raíz de su correo electrónico le mandamos adjuntas dos fotografías del MS 19639 tal y como se lo exhibe en la sección «MAGIA» de la exposición permanente.

Firmado por:
Fedra Maléas
Directora del Departamento

Respondimos inmediatamente, explicando que necesitábamos obtener el texto íntegro y no solo las fotos de las páginas expuestas en la vitrina. La respuesta de los directores del museo fue el silencio.

Por lo general olvidamos los acontecimientos de nuestra vida que nos han causado desencanto. Yo estuve enamorado de una mujer griega. (Tal vez la *gran casualidad* sea el amor.) Aunque ya no tenía esperanzas de que ese amor fructificara, le debía mucho de lo bueno que había ahora en mi vida, como el estudio de su lengua.

El objeto de mi enamoramiento no era solo una mujer de carne y hueso, sino una mujer extraordinaria y poseedora de *otra* dimensión. A ella debo el haber entrado en contacto con gente de las más altas esferas, como suele decirse, esferas que, antes de conocerla, yo no habría ni siquiera pensado en rozar o penetrar.

Así como fallé en mi intento de conservarla, fallaría en el de representarla en su esplendor y oscuridad. Su voz suave combinada con la firmeza de su carácter; su aspiración constante hacia lo mejor y lo más alto —como decía ella, que era muy alta, en extremo bondadosa, generosa, apasionada (y bastante autoritaria). Era artista plástica y debía vivir en París (nadie es perfecto, decía para justificarse). Pero yo creía que su lugar estaba en Atenas, con su familia influyente y distinguida, sus amistades adineradas, muchas de ellas increíblemente adineradas. Uno de sus amigos más jóvenes, un cachorro griego-libanés, me dijo en cierta ocasión:

¿Cómo la conseguiste? ¿Sabes quién es? ¡Es una aristócrata! Mucha gente le besaría los pies.

Alguien podrá preguntarme algún día: ¿cómo es que no pudiste conservarla?

El pequeño Ulises que se percibía en casi todos los hombres y en alguna que otra señora; la actitud euripidiana y el sentido de *entitlement* que exudaban —todo esto hacía que yo prefiriera ejercer la tolerancia o la indiferencia respecto de ellos, en lugar de cultivar su amistad. ¿Quizá fue un error? Casi todos eran simpáticos y aun amables y me trataban con una cordialidad distante. Vivían en zonas privilegiadas: en Anáktora, el vecindario del Palacio; en Kolonaki, el barrio burgués del centro; o en los suburbios de Kifisiá o Vuliagmeni, que está junto al mar. Algunos tenían casas en el cabo Sunio o en las islas del Jónico o el Egeo, en lugares muy hermosos. Cuando mi rompimiento con la aristócrata fue cosa sabida, sus amigos dejaron de llamarme; algunos siguieron enviándome invitaciones para eventos culturales o sociales y contestando, de manera bastante seca, a mis correos electrónicos. (Hemos roto, pero yo permaneceré en Atenas —les explicaba—. Veámonos cuando tengas un momento...) Sin embargo, seguí frecuentando a un hombre un poco mayor que yo, el doctor Gerásimo Galanis, que había pasado parte de su juventud en Marruecos y con quien yo, que también pasé unos años allí, pude entablar una amistad al margen de «la cosa griega». Era cirujano neurológico (hizo prácticas en Bení Makada, el temible manicomio tangerino, después de haber estudiado en Carolina del Norte con Nicolelis y Chapin, de la Universidad de Duke, el desarrollo de una «máquina traductora de pensamientos») y también era experto en numismática y autor de libros para especialistas —una historia de la medicina psiquiátrica en Grecia; un manual sobre la higiene en los manicomios; y, firmado con pseudónimo, un compendio de imágenes pornográficas de la antigüedad helénica acompañadas de apotegmas y refranes en uso todavía el día de hoy. Aunque hablaba un español pasable, solíamos mantener nuestras conversaciones en inglés.

Fue gracias al doctor Galanis que conocí a la directora del Museo Bizantino, la señora Maléas, una matrona imponente, voluminosa como la Madame Papaconstante de *Let It Come Down*, pero bastante menos agraciada.

Nos habíamos encontrado en La Biblioteca, un restaurante griego en la plaza Kolonaki, como lo hacíamos de vez en cuando. Comenzamos hablando de caiques aquel día. El doctor tenía uno, hecho en los años setenta con cedros de Samos, al que acababa de equipar con un motor eléctrico de marca suiza, del que estaba muy orgulloso.

En el fondo del restaurante había una mesa vacía. Ahora, fue rodeada por un pequeño grupo presidido por una mujer y un hombre que parecían parientes. Eran redondos, mofletudos y sonrosados; sus aires de suficiencia disminuían la presencia de los otros, una mujer delgada y rubia de ojos claros vestida de verde guisante y tres hombres de complexión media, uno de ellos casi completamente calvo, en trajes formales y oscuros. Se sentaron y se quitaron las máscaras sanitarias.

Después de echar un vistazo de reojo a la mesa recién ocupada, el doctor, que sabía de mi interés —más filológico que taumatúrgico— por aquellos manuscritos del Museo Bizantino, me dijo:

Mira quién está allí. El motivo de tu frustración.

El servidor, como se dice en Grecia, que nos había atendido los atendía ahora a ellos: recitaba los especiales del día a través de una máscara mal colocada, mientras llenaba vasos de agua.

La gorda —me dijo el doctor en voz baja— es la directora del museo. Fedra Maléas. El gordo cara de sapo es su hermano. Trabaja para ella. Le escribe las cartas. Conmigo son amables. Me deben algunos favores. (Algunos antepasados de Gerásimo eran de Karpenisi, y él había cedido al museo una pequeña y rara colección de documentos provenientes del monasterio de Prousos.) Ella hizo en su mejor momento trabajos muy interesantes como arqueóloga submarina. Eso mismo. Fue mujer rana —se rio— antes de entrar en carnes. Él siempre fue un gran haragán. Bloquean, entre los dos, todo lo que no representa una ventaja o un provecho para ellos. Si quieres te los presento.

Se levantó de la mesa para ir a hablar con los nuevos comensales. El gordo hizo finta de ponerse de pie, extendió el puño para chocarlo con el del doctor. Hablaron en griego. Después de los saludos generales, el doctor se volvió hacia mí y me invitó a acercarme a la mesa. Me presentó, y, sin tardar mucho —hablando ahora en inglés—, concertó una cita para ir conmigo al museo y hablar de mi «proyecto de traducción».

De modo que al día siguiente fui al museo con el doctor Galanis, quien expuso mi interés en estudiar y quizá traducir el manuscrito con encantamientos ante la directora y su hermano.

Probablemente son encantamientos terapéuticos. Dudo mucho que se trate de magia en el sentido vulgar. Hay pocos ejemplos modernos de manuscritos así, y si este no ha sido traducido ni estudiado todavía, desde luego que sería un proyecto interesante.

Los Maléas escuchaban, o me pareció que escuchaban, con atención.

Copié en un pedazo de papel el título y número de registro del manuscrito mágico, que había fotografiado con mi iPhone, y mi dirección de correo electrónico para dárselo a la directora. Pasaron quince días antes de que recibiera noticias: una nota telegráfica que, debajo del largo encabezado, decía simplemente:

Su solicitud ha sido sometida al Consejo.

Mientras leía, apareció en mi imaginación la imagen de la directora del museo con sus lentes rectangulares, peinado en bola y semblante adusto; era un recordatorio de que la vida no tiene que ser fácil ni divertida.

Cuarto cuaderno

Algún tiempo después de aquella visita al museo en compañía del doctor, yo había vuelto para intentar entrevistarme con la directora. Fui sin anunciarme, con el deseo de confrontarla, de manera amable, claro, sobre mi solicitud y su largo silencio. Hay cámaras de seguridad en la recepción administrativa, y era posible que ella hubiera advertido mi llegada. La secretaria negó que la directora estuviera allí y sugirió que pidiera una cita por correo electrónico para la semana próxima.

Los jardines del museo pasaban por momentos difíciles. Hacía unos años, antes de que la señora Maléas ocupara la dirección, habían sido sabiamente remodelados y remozados. Pero ahora habían caído en el descuido y eran causa de críticas en los medios culturales y en la prensa. Esto preocupaba a Kíria Maléas más que ninguna otra cosa, por el momento.

En la parte alta de los jardines hay un café restaurante donde yo solía tomar un refresco de vez en cuando, y ahora me dirigí hacia allí. Pero cuando vi a la mujer sentada a una de las mesas del café en compañía de su hermano, que me daba la espalda —una espalda que hacía pensar en Botero—, sentí un enojo profundo. Que se vayan al diablo, pensé. Di media vuelta y salí a la calle.

Estaba de pie, a pocos pasos de la parada de autobús, la espalda apoyada contra las lanzas de la verja frontal del jardín. Miraba fijamente delante de sí, como si la gente y los vehículos que pasaban por la avenida se movieran en otro mundo. Su perfil me recordó el de un infortunado que había visto años atrás en Bení Makada, el manicomio general de Tánger. Yo paseaba al azar por un barrio pobre de calles polvorientas en cuadrícula, y así llegué frente a un portón de hierro, que estaba entreabierto; daba a un zaguán oscuro y a un patio donde brillaba el sol. En el centro había una vieja higuera. Un hombre desnudo y de pelo largo tenía una pierna encadenada al tronco del árbol. Alrededor del hombre había montoncitos de huesos y cáscaras de fruta. Estaba mirando la superficie de la pared del patio blanqueada por el sol. De repente, al verme ya en medio del patio, sentí miedo. Di media vuelta y salí a la calle casi corriendo.

Me pregunté si este hombre de figura alargada envuelto en una sábana blanca no habría corrido una suerte parecida a la del prisionero de Bení Makada si su destino hubiera sido nacer en el extremo opuesto del Mediterráneo, bajo un cielo y una religión distintos, en un sitio regido —como diría Atina— por otro dios.

Lo dudé un momento, durante el cual no cambió de posición ni dejó de mirar fijamente delante de sí, antes de acercármele.

Qué sorpresa —dije—. Kírie, ¿me oye?

Despacio, volvió la cabeza, cerró y abrió los ojos.

Desde luego. Disculpa. Estaba dándole vueltas a un problema. ¿Todo bien? Hablamos en singular, ¿verdad?

Todo bien. —El trato informal, o singular en griego, se me hacía más fácil que el formal—. ¿Esperas el autobús?

Se rio y dijo:

En mi vida he tomado un autobús.

Era una tarde fresca de cielo azul. La brisa llevaba consigo los gritos de las cornejas y los pericos.

Recogió del suelo su colchoneta y edredón enrollados en caracol, atados con una cuerda de yute.

¿Se puede saber a qué problema estás dándole vueltas? —le pregunté un poco después, cuando caminábamos ya a la sombra de los grandes árboles del Jardín Nacional. Había dejado sus bártulos ocultos entre unas matas al pie de un cedro no muy lejos del pequeño café en una de las entradas del parque. Andaba dando pasos largos con los pies descalzos, acompañando cada zancada con movimientos de los brazos que transmitían ligereza y armonía, un hombro descubierto, cual sofista antiguo. Yo me sentí superfluo caminando a su lado. Tardó un minuto o dos en darme una respuesta:

Cuando lo haya resuelto, si llego a resolverlo, te contaré.

Seguimos andando en silencio. Los mosquitos zumbaban y evolucionaban en los haces de luz a nuestro alrededor y los gritos de los pájaros por encima de nuestras cabezas ahogaban a medias el ruido de motores y bocinas de la ciudad. No hacía falta hablar, mientras mi acompañante buscaba la solución a un problema cuya naturaleza yo desconocía.

Al llegar frente al arco de Adriano, ocurrió algo que no puedo explicar de manera racional; solamente refiero los hechos, que me desconcertaron y me causaron la sensación de haber perdido momentáneamente el contacto con la realidad. Sentí una especie de terror. El ser que caminaba a mi lado se había transformado. Aunque la vestimenta y el pelo eran los mismos, el hombre semidesnudo se había convertido en una presencia femenina. ¿O tal vez ahora yo percibía su esencia femenina en lugar de la otra? Era como si la realidad, no solo aquella presencia sino también mi percepción de las cosas, se hubiera trastornado. Como si me hubieran drogado, pensé, o como si estuviera enloqueciendo. Mi diálogo interior continuaba, aunque en estado de alarma y confusión. Sacudí la cabeza.

¿Qué estás haciendo? —me dijo la figura que tenía delante de mí.

En los sueños, pensé, ocurren transformaciones similares.

No tengas miedo —me dijo con una voz dulce que me pareció curiosamente familiar—. Mira, llámame María, ¿quieres? O puedes llamarme Hypatia o Catarina. Me da igual —se sonrió.

Sus ojos azules y sus labios carnosos, aunque resecos y un poco ulcerados, como por efecto del sol; su piel clarísima con arrugas muy finas; su porte altivo —todo esto me recordaba a una mujer madura que conocí y quise de adolescente, pese a la falta de armonía en cuanto a la edad. Sus conversaciones, los libros que me incitó a leer y su forma de entender las cosas me deslumbraban; pero el deseo de viajar y conocer el mundo me había alejado de ella. No volví a verla ni a tener noticias suyas hasta pocos meses antes, ya instalado en Grecia, cuando una amiga en común me escribió un correo muy breve para contarme que María, amor de mi adolescencia, había muerto una tarde de tormenta de un derrame cerebral en su casita a orillas del lago de Atitlán, en Guatemala. ¡Es ella!, pensé ahora, y su figura con el arco de Adriano en el fondo dejó de parecerme extraña.

Tú y yo nos conocemos desde hace mucho tiempo —me dijo.

Ahora mi mente estaba en blanco. Pero miedo ya no sentía. No sabía dónde me encontraba. Un sueño, volví a pensar. Me veía a mí mismo desde cierta altura, como en una película. Pero la película se desarrollaba en el interior de mi cabeza.

Aquí, ahora, vamos a separarnos, pero nos veremos otra vez. Vengo cada tanto. Hay un par de cosas que tengo que arreglar.

Asentí con la cabeza. Algo como un pequeño vacío se me formó en el pecho. Tragué saliva.

¿Sí? —fue todo lo que atiné a decir.

Duerme con una ventana abierta. Siempre.

Así duermo siempre —volví a asentir—. ¡Vas a visitarme! —Sentí cómo mis ojos se ensanchaban de ilusión. Le dije que estaría esperándola.

Tal vez eso no sea aconsejable —replicó—. Deja que las cosas sucedan. Ah, y olvídate de esos papeles.

¿Qué papeles?

Los del museo. Por el momento, no son para ti. Olvídalos.

La imagen de la gorda del museo con su peinado de bola apareció y desapareció. Como si también la hubiera visto, mi acompañante dijo, o recitó:

El exceso de carne y de grasa comprime varias partes del cuerpo, afloja los tejidos, reduce el tamaño de los vasos sanguíneos, intensifica el trabajo del corazón, reduce la movilidad y la emotividad y puede conducir a una muerte súbita. Hipócrates.

Asentí.

Es una infeliz. Son, ella y su hermano, de esas reencarnaciones en un extremo de la gama humana. Deberías evitarlos, por principio. Pero pronto volverán a contactarte, de cualquier forma. Querrán utilizarte. No lo permitas, ¿eh?

Ok. —Pero estaba realmente confundido. ¿Me contactarían realmente? ¿Cómo iban a utilizarme? Tal vez, si ese era el precio que debía pagar para obtener el manuscrito, yo estaba dispuesto a dejarme utilizar...

Le pregunté si creía en alguna clase de magia.

La magia es otra manera de controlar la materia y explorar el espacio —dijo—. Lo decía Pítaco.

¿Quién es Pítaco?

Muchos son o han sido Pítaco. Yo también, a veces, soy Pítaco.

Alzó una mano a modo de saludo. *Yia su* —me dijo, dio media vuelta y se alejó camino abajo hacia la avenida Syngroú.

Y yo me quedé ahí, viendo cómo se alejaba la figura envuelta en una sábana blanca, que podía inspirar en los paseantes lástima o temor.

Ella y yo nos conocíamos desde hacía mucho tiempo, me había dicho. Y pensar que podía ser así me llenaba de un orgullo extraño y una alegría febril. De pronto las decisiones, los movimientos en esta o aquella dirección, los cambios vitales que había decidido hacer poco tiempo atrás cobraron un sentido imprevisto.

Una semana más tarde, pasada la medianoche, al oír ruidos en mi cuarto, abrí los ojos. Dos niñas y dos niños estaban alrededor de mi cama, mirándome en silencio. Una de las niñas dijo en griego:

Despertó.

¿Lo decía para mostrarme, por la lengua, en dónde me encontraba?

Las cuatro figuras vestían túnicas blancas.

¿Podemos?

Miraban los espacios vacíos en la cama.

Creo que sí.

¿Suave o duro?

Ni muymuy ni tantan —dije, tratando de parecer divertido.

¿Te pones boca abajo?

Obedecí. Pronto, ocho manitas comenzaron a amasarme el cuerpo por todos lados. Soplos ahora cálidos, ahora fríos. Golpecitos. Frotamientos, pellizcos, mordidas... Y volví a adormecerme, pensando en la mujer que había visto por última vez cerca del arco de Adriano. Me había dicho que durmiera siempre con una ventana abierta, como, en efecto, yo lo hacía. Ella había enviado a estas criaturas a visitarme de noche, sin duda.

¿Quién necesitaba estudiar libros de magia bizantina?, pensaba, cuando el sueño me venció.

Paseando otro día por Dionisio Aeropajita, debajo de la roca de la Acrópolis, volví a encontrarme con mi nueva amistad ateniense, que esta vez no tenía aspecto de mujer. Estaba tendido sobre un costado en una banqueta, frente a la cual, del otro lado de la calzada, un hombre orquesta (armónica, címbalo y tambor) modulaba lamentaciones acerca de Esmirna y otros lares perdidos en la costa turca.

Me vio que subía por la calzada y me saludó con un movimiento de la cabeza, se incorporó. Componiéndome la bufanda alrededor del cuello, porque soplaba un viento frío de principios de noviembre, fui a sentarme a su lado. Envuelta en su sábana blanca, mi nueva amistad seguía siendo insensible a la temperatura. Le hablé de la visita de las cuatro criaturas noches atrás.

¿Quiénes eran? —le pregunté.

¿Importa?

Me importa.

Son hijos de unos amigos. Se divierten haciendo cosas así.

¿Y sus padres? ¡Son unas criaturas!

Son los señores de los vientos.

¡Ya! Supongo que no se puede averiguar mucho más. —Estaba hablando con un loco o un farsante.

Si quieres que vuelvan a visitarte es mejor que no preguntes demasiado. Pero recuerda: no todo lo que nos pasa tiene una explicación racional. Comenzando por el hecho de haber nacido. La primera vez, quiero decir. Las demás sí que la tienen, claro.

Un poco más adelante le pregunté si había resuelto el problema que lo ocupaba cuando nos encontramos frente al Museo Bizantino.

Esa mujer va a terminar mal —me dijo—. No solo a ti te tiene bloqueado. Le vamos a dar un par de sustos.

Me alegré interiormente pero no dije nada.

Cruzó por mi cabeza una frase leída al azar: «El hombre es irracional por naturaleza». La pronuncié.

Por supuesto —asintió. Y luego—: La idea de la transmigración de las almas presenta grandes problemas —dijo—. Algunos de esos problemas son los que me gustaría resolver. Desde el punto de vista numeral o algorítmico.* A cada alma corresponde o puede corresponder un número, lo mismo que a cada átomo. Cómo se multiplican las almas, creo que nadie lo ha escrito. Pero tal vez son fluidos, y entonces no serían tan fáciles de contar... ¿Puede haber almas más grandes o más pequeñas, más pesadas o más livianas que otras? ¿Puede agrandarse un alma, o empequeñecerse? ¿Pueden dividirse, o aglomerarse o fundirse las almas? ¿Cambian de forma, según el cuerpo que las contiene? ¿Y puede un cuerpo contener más de un alma al mismo tiempo? Algunos afirman que se conoce el peso del alma humana, que sería veintiún gramos. Jaja. Eso no tiene sentido. ¡Es ridículo! ¿No parece más razonable decir que son fuerzas, las almas, o *funciones*, y no *sustancias*? Yo tengo dos almas y tú, solo una. Jajaja. ¿Dónde está la justicia en todo esto? No es que ninguno de nosotros

---

* Los algoritmos podrían ayudarnos a explorar la idea de que las almas estén compuestas de energía e información y a investigar la manera en que podrían reencarnar en forma física o digital. Aunque tal concepto pueda parecer descabellado, la investigación en este campo conduciría a una forma nueva de entender la reencarnación y los viajes de las almas a través del tiempo y el espacio. *(N. del E.)*

sea capaz de hacer nada acerca de nada en ese plano, aparte de *saber*. Y hablar, claro. Las ideas de moral, de ética, no tienen sentido si no están relacionadas con algún tipo de saber. Todo puede reducirse a números, si es de utilidad, pero no todo *son* números. A cada átomo material corresponde un átomo ideal. ¿Un alma? Las leyes aplicables al número inconcebible de átomos que son el Universo en alguna manera son reflejo de las que legislan el mundo ideal. ¡Todo fluye! ¡Jaja! Somos libres de representarnos como mejor podamos. Somos hombres, dentro de ciertos límites, libres. —Una pausa—. Hay problemas numéricos que dan vueltas constantemente por mi cabeza. Intento resolverlos. No he encontrado nada mejor que hacer, después de tantos años.

Un silencio de varios minutos.

Son problemas cuyas soluciones podrían ayudar a dirimir cuestiones éticas —prosiguió—. Algunos relatos mitológicos querían hacer esto. El mito de Er pretendía demostrar que las almas son inmortales y pueden reencarnar en distintos cuerpos, como castigo o premio. Pero no prueba nada. Muchos de nosotros creemos que no solo los hombres tienen alma, sino también los animales y las plantas y algunos minerales. ¿Pero todos los animales? Los zancudos, las pulgas. ¿Los virus? ¿Ves a lo que voy? Si cada ser, hasta el más ínfimo, aún más, si cada átomo tiene alma..., ¿te das cuenta del problema? Tal vez las almas de los seres más pequeños pueden formar conglomerados y transmigrar de manera colectiva; tal vez son «premiadas» o «castigadas» *en masse*. Una selva, un mar, un desierto, una montaña, ¿son operaciones matemáticas? ¿También una ciudad? No lo sé. Quisiera averiguarlo. La inteligencia, la belleza de los seres minúsculos. Pensando en esas cosas se me pasa el tiempo.

¿Y tú —me preguntó después—, cómo pasas tu tiempo?

Yo me pasaba la vida leyendo, le dije. Hacía poco había terminado la *Vida de Apolonio de Tiana*. Era el libro que más me había impresionado de los leídos aquel año, continué; «posiblemente la mejor novela escrita en el siglo III», de acuerdo con R. R. R. Smith. Sobre todo los últimos capítulos, que tratan del arresto de Apolonio en Roma, me habían llenado de admiración.

Me pidió que le refrescara la memoria.

¿Por qué lo habían arrestado? ¿Por qué iban a juzgarlo?

Por despanzurrar a un niño —le dije— para prever el porvenir.

Quinto cuaderno

No sé qué habría hecho (en vez de limitarme a decir «hasta la próxima») si hubiera sabido que no volveríamos a encontrarnos. Tal vez era solo un loco con la manía de entregarse al despilfarro de ideas y números infinitamente grandes o pequeños... Pero ¿cómo explicar entonces la visita de aquellas criaturas aquella noche cuyo recuerdo me atormenta y me consuela? Aunque ya me lo había advertido: no todo lo que nos ocurre tiene una explicación racional. Con una presión molesta en el pecho, recorrí las calles de Atenas, como en otros tiempos recorrí las de Guatemala, las de México, las de París, deseando volver a encontrarme... ¿con quién?

¿Qué sería lo que tanto echaba yo de menos? Ni su vista ni su tacto ni su olor. ¿El sonido de su voz? ¿Su conversación? En los libros había hallado cosas parecidas a las que contaba. Pero era algo más, algo que no se puede calificar y que solo resumimos con la palabra *presencia*. Sentía esa sed de una presencia que no puede satisfacer ninguna otra. ¡El verme privado de la compañía, de la conversación de una vieja o un viejo sin techo, un loco o una loca, me hacía sufrir así!

Me propuse dejar todo eso atrás, leer más libros, conocer más islas, contemplar más ruinas, oír, memorizar otros poemas, otras canciones. Pasaron las semanas, los meses. Me embriagué dos o tres veces yo solo. Borré el signo en sánscrito sobre la chimenea. Pero persistían mi tristeza y mi avidez de ver de nuevo aquella cara y de oír de nuevo aquella voz. Mientras leía páginas de Eunapio y de Orígenes —detractores del hombre de Tiana, a quien llamaban hechicero— me veía comentando este o aquel pasaje con la persona ausente.

¡Pero no! No era posible que fuera un muerto viviente o un inmortal. ¿O lo serían también otros de esos viejos indigentes que caminan por las calles de la Nueva Atenas? ¡No! ¿Estaba enloqueciendo?

Durante cuántos días recorrí calles y parques en busca de aquella figura entrañable. Muchas veces creí entreverla en una acera, tumbada sobre un edredón. Al ver una cara o unos ojos que, ya fuera solo de forma vaga, y a veces por encima de la mascarilla, me recordaban el objeto de mi afán, sentía cómo se me aceleraba el pulso, cómo, por un instante, se desvanecía mi tristeza, aun sabiendo que mi fantasía tenía que engañarme.

Buscaba también a los niños, ¡descendientes de los señores de los vientos!, y en varios pequeños emigrantes, enmascarados o no, vi parecidos que me inclinaron a hablarles o darles una limosna de manera tentativa. Pero pronto encontraba algo repelente a la vista o al olfato en aquellas aproximaciones de los objetos de mi busca, y me alejaba deprisa de los desdichados.

Con el paso del tiempo fui sintiendo cómo mi deseo palidecía, y yo esperaba que desapareciera por completo. Pero de un momento a otro volvía a surgir con una fuerza nueva y otra vez sentía que de pronto iba a encontrarme con aquel ser extraordinario bajo aspecto de indigente con una sábana por vestidura, o con los niños.

Las reuniones, cenas, visitas a galerías o museos con amigos de amigos de mi antiguo amor se me hacían intolerables, pero pocas veces rechazaba una invitación. Instinto de supervivencia, pensaba. No me convenía aislarme más de la cuenta; bastante aislado vivía ya en aquella ciudad como extranjero. Pensé seriamente en cortar amarras, en volver a viajar. Pero una voz interior me decía que debía ser paciente. En el momento menos pensado volveríamos a encontrarnos, y todo cambiaría.

Hoja suelta

Ficción, historia, filosofía. Algún que otro poemario, algo de teatro. Quizá por influjo de mis lecturas de clásicos, y, más recientemente, de obras cristianas primitivas que condenaban a los «autores paganos», las omnipresentes iglesitas ortodoxas comenzaron a causarme indignación, y la vista de los clérigos (asalariados del gobierno griego) con sus barbas largas y vestiduras negras me disgustaba.

Preguntas inesperadas, absurdas, surgían en mi cerebro. ¿Cuántos sin techo vivían en Atenas? (Alrededor de siete mil, según mi telefonito.) ¿Era posible que algunos de ellos fueran reencarnaciones de filósofos o sofistas de la Antigüedad? ¿Cuántos sofistas existieron? ¿Reencarnarían todos ellos? Una vez aceptada la idea de la transmigración de las almas —idea que parece menos absurda, menos infantil, que la existencia del Infierno y la condenación eterna—, ¿por qué no? ¿Y era posible que las almas transmigraran *antes* de la muerte física? Cuántas veces no afirmé que yo ya no era el mismo de antes... ¿No sería que mi alma de niño o de joven había migrado a otro cuerpo y el alma que estaba ahora en mí era la de otro, la de otra?

Algunos meses atrás me habría parecido una pérdida de tiempo pensar en semejantes hipótesis. Pero yo había cambiado. ¡Ahora era capaz de dudar aun de mi propio escepticismo! —y así me sentía también capaz de creer.

Sexto cuaderno

Tenía que hacerme a la idea de que no volveríamos a vernos, como si hubiera muerto. Y eso era posible. Un sin techo menos. El *Homo sacer* con quien yo quise hacer amistad podía estar ya enterrado en una fosa común, tal vez gatos o ratas habrían probado de su carne. ¿Y lo reconocería bajo otra forma? ¿En otro cuerpo? ¿Cómo *funcionaría* todo aquello?

Hacia el final de una mañana de diciembre, andando por el parque en las colinas al este de la Acrópolis (con bandadas de pericos que volaban por entre las copas de los árboles, ¿o una sola bandada que volaba en grandes círculos?) tuve la curiosa sensación, una sensación que todo el mundo habrá tenido alguna vez, de que alguien seguía mis pasos. Para evitar la vista de la iglesia ortodoxa en la parte baja del parque Syngroú yo solía doblar a la derecha —por donde habían desaparecido hacía un momento los pericos. Al llegar a una vuelta del sendero de ladrillo miré para atrás. Una figura pequeña, de niño o de enano, dejó de moverse en el fondo de aquella especie de túnel de vegetación, y luego viró para hacerse invisible. En el fondo del túnel el sendero formaba una Y; quien venía detrás de mí, paseando sin rumbo fijo como yo hacia el final de la mañana, habría seguido por el brazo que se hundía hacia la izquierda... Una hora más tarde, sin embargo, yo deambulaba por Exarchia calle Solón abajo, donde están las librerías de viejo, y antes de doblar hacia Academia en busca de un taxi para volver a Semelis, no sé por qué, volví la cabeza, ¡y ahí estaba la figurita aquella! Se detuvo y giró para quedarse mirando una vitrina: una librería de viajes y guías que yo había visitado alguna vez. Ahora la idea de una coincidencia no se me ocurrió. Con un apretón de miedo en las tripas, tuve la certeza de que me estaba siguiendo. Bajé hacia Academia a pasos rápidos y me sentí muy afortunado al encontrar, llegando a la esquina, un taxi desocupado. No vi a la figurita entre la gente al mirar de nuevo calle arriba, antes de entrar en el taxi. Alivio. Llevaba conmigo media docena de libritos verdes (clásicos Loeb en edición bilingüe) para agregarlos a mi colección, y ya me hacía leyéndolos o solo hojeándolos en el sofá frente a la chimenea bajo el signo de OM, que unos días atrás yo había cubierto con pintura blanca pero que, cosa difícilmente explicable, un poco desvirtuado, había vuelto a aparecer.

Varias noches disfruté con aquellas lecturas. Solía adormecerme con un libro sobre el pecho. Poemas, ensayos, novelas; todo cabía ahí.

«No mueren los dioses, sino la fe de los innumerables mortales ingratos. Los dioses son inmortales...»

Ya en la cama (enorme esfuerzo, transportarme del áspero sofá a la suave cama) con la ventana abierta, satisfecho de mí mismo con mis nuevos conocimientos, por superficiales que fueran, acerca de la Grecia inmediatamente precristiana, una Grecia más bien romana, con esta curiosa sensación: más que comenzar una nueva vida en Atenas, yo estaba retomando el hilo de otra vida.

Leyendo el último libro de Le Carré, comencé a imaginar, extendida por todo el subsuelo ateniense, una red de túneles que conectaban palacios con iglesias; templos en ruinas con cárceles o con discretas bocas de cuevas en las rocas de este o aquel parque; un inframundo antiguo y desconocido para la mayoría, un lugar habitado por iniciados y animales. Las catacumbas de Atenas que nadie mencionaba nunca. Pero yo había entrevisto esas galerías que se extendían como hilos de araña, sus paredes forradas con huesos y cráneos, como en los osarios subterráneos de Roma y París.

Un poco de luz proveniente de un farol invertido debajo de mi ventana entraba en mi habitación, y proyectaba las sombras de las ramas y hojas de un árbol de plátano, que se movían en el techo de mi cuarto por encima de la cama. Aquí se veía el perfil de un viejo o una vieja; allá, un personaje que me miraba frontalmente; más allá un caballo, un perro, un pájaro. Convertidos en volúmenes por acción del sueño, eran una porción visual de universos distintos.

Cuando abrí los ojos, vi la figura de un hombre en claroscuro. Sentí que era mi amigo, pero su aspecto era otro. Corpulento, obeso, estaba sentado en la silla con brazos en un rincón del cuarto hacia los pies de la cama. Me hizo pensar en Hoxha, el político albanés, pero con un gran bigote a la turca. No era él, en efecto. ¡Era el hermano de Fedra Maléas, la directora del museo! El miedo me paralizó y con una picazón en la piel de brazos y cuello, un golpe de adrenalina, sentí: *Es el cachudo*. Me costaba trabajo respirar.

Cerré los ojos y recordé el cuento de la propietaria de mi apartamento, violada por un ladrón en la cama donde yo estaba. Podía oírle respirar, un pitido de dificultad broncopulmonar. ¿Un ronquido? ¿Dormía yo y me oía a mí mismo roncar? ¡Ojalá!, me dije ¿todavía en el sueño? Acostado ahí, inmóvil, abrí los ojos, con la intención de encender la luz. Pero ahora el otro se había levantado de la silla y estaba inclinado sobre mí, los ojos clavados en los míos.

¿Qué quiere? —pregunté al recobrar el habla, perdida momentáneamente por el miedo.

El hombre obeso inclinado sobre mí tenía el pelo —que escaseaba en su cabeza demasiado voluminosa— teñido de azul, un azul eléctrico, punk, y el color de su piel, que irradiaba como con una luz propia, era crema y rosa.

Ahora se había erguido y sonreía. Con tono neutro y un acento que me pareció argentino, dijo:

Esos niños tenían nombres. Venían de Ática, de Arcadia, de Salónica, de Esmirna. Los están buscando. Son de familias conocidas.

A mí me dijeron que eran hijos de los señores de los vientos —alegué.

Seguía sonriendo.

Claro. ¡Te convenía creerlo!

Yo me había dejado hacer, eso era cierto. Pero ¿qué tribunal iba a condenarme, cuando fui visitado en mi casa durante la noche mientras dormía? Circunstancias atenuantes, aun eximentes. Si ahora mismo yo decidía lanzarme al ataque de este visitante indeseado, si acababa con él, también debía ser eximido. Inhalé todo el aire que pude y no hablé, no hice nada. Una voz interior me decía que me defendiera, que la presencia de aquel individuo grotesco era una agresión que no me convenía tolerar. Pero una oleada de sueño me invadió y no opuse resistencia. Cerré los ojos y me dije a mí mismo que me estaba quedando dormido...

Desperté bocabajo, con un dolor intenso en la nuca, empapado en sudor. La luz estaba apagada. Me di vuelta en la cama para quedar bocarriba. Del farol del alumbrado público llegaba aquel resplandor que ahora me pareció fantasmagórico. ¿Quién lo había invertido? —me pregunté—. ¿Por qué? Los números irracionales tal vez servirían para representar esta clase de rompimientos indiscutibles con la racionalidad cotidiana. ¿Significaban, quizá, el salto de un alma o varias almas a otros recipientes? ¿Soluciones de continuidad?

Volví a cerrar los ojos y entré en un sueño sin sueños. No desperté hasta la mañana siguiente poco antes de mediodía. Era una mañana soleada, soplaba un viento norte y unas nubes redondas y voluminosas se movían sobre los montes grises en el cielo despejado más allá del marco de mi ventana.

El estado de agotamiento profundo en que me vi al querer levantarme de la cama —demasiado baja— era un estado desconocido para mí. No era un cansancio puramente físico. Parecía inhumano, un cansancio titánico, que tenía que ser, se me ocurrió, *intemporal.* Solo una vida interminable podía justi-ficarlo. ¿Yo —me pregunté a mí mismo— quién era, quién fui?

Olvidados el sudor y dolor residuos de la visita o el sueño de aquella noche, mi vida en Atenas volvió a lo que podría llamarse su curso normal. Mi fiasco concerniente al «Manuscrito con encantamientos» del Museo Bizantino —el hecho de que ni Fedra Ma-léas ni el Consejo me hubieran dado una respuesta todavía— era como la nubecita negra en un cielo demasiado azul.

Séptimo cuaderno

Por aquellos días se anunciaba la visita inminente del Papa romano (y argentino) a Grecia. Por una invitación especial de uno de mis conocidos atenienses (gracias de nuevo, Atina), pude asistir a la ceremonia de recepción en honor a Francisco I en el Palacio Presidencial de Atenas.

Hacía cosa de tres años yo había escrito una larga carta al Santo Padre, a la que no se dignó responder. Yo exponía un caso de apropiación ilícita de tierras comunales mayas en el interior de Guatemala por parte de la Iglesia católica. Pese a no ser creyente, pero habiéndome formado (o deformado) en un colegio jesuita, sentía cierta afinidad con Francisco y, en un acceso de optimismo, había decidido apelar a su sentido de la justicia. El asunto parecía bastante claro, aunque no sencillo. A lo largo de una década —cuanto había durado aquel caso— al menos cinco tribunales provinciales fallaron a favor de la Cofradía Maya que tenía antiguos títulos de propiedad de las tierras en cuestión. Sin embargo, la Corte de Constitucionalidad de la Ciudad de Guatemala —de probada prepotencia y corrupción, apodada jocosamente (por ser la más alta de nuestro sistema) «La Corte Celestial»— había revocado esas sentencias y había declarado que la Iglesia era la legítima propietaria de aquellas tierras.

El silencio papal sobre este caso me decepcionó. Esto no era motivo suficiente para despertar el odio, pero había momentos en que mi resentimiento crecía y se aproximaba al odio. El fondo de aquella carta era piadoso, o así lo creía yo. El que este hombre con fama de magnánimo no tomara para nada en cuenta lo que intenté comunicarle por parte de los cofrades damnificados comportaba una actitud impía. No se había evitado hacer un gran daño, cuando se pudo, a una comunidad de cristianos paupérrimos que solicitaban la atención del pontífice, nada más.

En uno de los salones del Palacio Presidencial —donde grandes tapices cubrían las paredes y de cuyo techo, muy alto, colgaban enormes candelabros—, ante una congregación de religiosos, políticos, diplomáticos, periodistas y «representantes de la Sociedad y del mundo de la Cultura», el Santo Padre habló a través de una máscara blanca:

Es un honor estar en esta ciudad gloriosa, la Atenas dorada, patrona de todo lo que es Bueno... Hago mías las palabras de Orígenes: «Buscando la elocuencia encontré la felicidad»... Se habla mucho acerca de quién se desplaza hacia la derecha y quién hacia la izquierda, pero lo decisivo sería moverse hacia adelante. Y moverse hacia adelante significa moverse hacia la justicia social...

Eran días de recolección de olivas en Grecia, recordó el pontífice un poco más adelante. Y yo recordé un viejo olivo que crecía encima de una roca, cuyas raíces ocultaban, pero no del todo, la boca de una cueva.

Luego Francisco habló de Homero, de Ulises. Y yo recordé el discurso de Filóstrato donde acusa a Homero de silenciar las vilezas cometidas por el héroe más querido de los griegos, Ulises, contra otro griego con fama de ser aún más listo y mejor hombre que él, Palamedes, inventor de varias letras del alfabeto, los dados y las señales de navegación, que también peleó en Troya, y de quien Sócrates dijo que le gustaría encontrárselo en el Hades para hablar de las tretas y engaños mediante los cuales Ulises consiguió que, acusado de traición, fuera lapidado por sus compañeros de armas.

Y mientras el Papa seguía hablando, de pronto, en medio del salón repleto de sillas cromadas con asientos de cuerina, entre el público de diplomáticos, periodistas y «representantes de la Sociedad y del mundo de la Cultura», enmascarados todos, el gordo de pelo azul y piel crema y rosa venía hacia mí. Gordo maldito, pensé.

Me embarazaba —y esa era sin duda su intención— con sus saludos demasiado efusivos, brazos alzados, una sonrisa de orejón a orejón que podía adivinarse debajo de la máscara sanitaria. Me dio un abrazo apretado, que no correspondí.

Está prohibido —le dije, apartándolo.

Bienvenido, mi querido amigo. —En una silla desocupada a mi derecha alguien había dejado una bufanda. La hizo a un lado para sentarse—. Buen sitio, ¿no? —dijo, y se quedó mirando por encima de las cabezas del rebaño la carita del Papa enmascarado tras el podio, que leía el final de su misiva.

Viste cuánta policía —me dijo en voz baja el gordo—. Del aeropuerto hasta aquí había un cordón, un agente cada diez metros, literalmente, a ambos lados de la ruta que recorrió. Arruinó la circulación. Para matarlo, ¿no creés?

Alguien se rio.

A través de las paredes del palacio llegaba el ruido de cláxones y sirenas. La ciudad dorada había enloquecido por un problema de circulación.

¿Y su hermana? —quise saber.

En París. En el Louvre, conspirando. ¡Todo el mundo está conspirando!

Lo había descubierto: el gordo de pelo azul y el hermano de Fedra Maléas eran en efecto la misma persona. Me puse en guardia. Querrán utilizarme, recordé.

Se produjo un apagón (comenzaba a anochecer) que duró unos segundos y que pronto mucha gente olvidaría.

El gordo de pelo azul se había hecho muy pequeño en la penumbra. ¿Un holograma?, me pregunté, como entre sueños. Me dijo con una vocecita aguda y desagradable: pero habría que matarlo, en serio. Cuando la luz volvió el gordo había desaparecido. La bufanda estaba en su lugar. También el Papa había desaparecido. Pronto comenzaron a oírse las voces de la gente que se ponía en movimiento para evacuar el salón.

Hoja suelta

Hacía mucho frío, para Atenas. Regresaba a casa por la avenida del Rey Constantino, reacio a tomar atajos por calles menores y mal iluminadas, demasiado resbalosas (había llovido la víspera) y oscuras. Me preocupaba el diálogo interior, la serie de diálogos interiores que venía sosteniendo conmigo mismo últimamente. ¡No me comprendía! Un día decidía hacer esto; y al día siguiente alguna pequeña revelación me hacía cambiar de parecer y emprender el rumbo opuesto. ¿Transmigraciones en vida? ¿Tal vez mis problemas eran más psicológicos que morales, me preguntaba? ¿No era una locura creer que había sostenido conversaciones, que había entablado una especie de amistad con un «inmortal», creer que había sido visitado en realidad y no solo en sueños por aquellas criaturas, dulcísimas pero también temibles? Yo había pedido ayuda, de alguna manera, y ellos habían acudido para reconfortarme. Pero el alivio que había recibido era solo de orden físico.

Tienen nombres y apellidos, esos niños, había dicho en tono amenazante el gordo de pelo azul. Muy bien. Me gustaría conocerlos, debí replicar.

Cuando me decía esto, yo imaginaba que en algún sitio se iba a formar un tribunal para juzgarme, y la idea me afligía. Ahora sentí: si me juzgan, tendrán que absolverme.

Mientras subía por Alkmanos hacia Semelis, pensé en el Papa. Estábamos en la misma ciudad. Habíamos coincidido aquí sin preverlo. ¿Era importante que me manifestara ante Él, me pregunté? Sería malinterpretado, era mi propia respuesta. Podía ocasionar incomodidad y aun violencia si insistía en un encuentro.

Hoja suelta

La noche anterior, en el dormitorio del sexto piso, el zumbar del viento en los cables del alumbrado y el traqueteo de puertas y postigos le hicieron imaginar que estaba en un barco en medio de una tormenta. Ahora andaba a pasos rápidos por un sendero entre árboles. Este era el parque que en tiempos perteneció a un pueblo de sapos. El Partenón, una cajita de alabastro en la distancia, como iluminado desde dentro, resplandecía hacia el oeste; la luz de la luna que se filtraba entre las hojas de los árboles era suficiente para andar. Se oyó el ulular de un búho y recordó al gordo de pelo azul. Por ahí, pensaba, se le iba a aparecer. Llegó al extremo del bosque, donde había un jardincito con juegos infantiles. Más allá se extendía la avenida Olof Palme.

Se veía a sí mismo caminar como un borracho tambaleante por una isla en medio de una avenida desierta. Ahora estaba en otro bosque. La inclinación del terreno aumentaba. Era un hombre extraviado en su propio sueño. Un desdichado con suerte, se sonrió.

Varios árboles habían perdido hojas y ramas y este, que tenía enfrente, había sido arrancado de raíz. El olor a tierra recién excavada le hizo recordar el descenso, en Guatemala, a un sistema de cavernas horadadas por un río sin sol.

Octavo cuaderno

No podía decir qué especie de árbol sería. Debía de ser milenario. Aun él, pensé, conocía, ahora, la muerte. ¿Y reencarnaría? Tumbado, era ya solamente un tronco. Alguien había cortado sus ramas hacía poco tiempo; el aire olía a madera recién aserrada. Y donde habían estado sus raíces, que el viento arrancó junto con una gran masa de tierra y pedruscos, se abría una boca negra que conducía a un túnel...

Hoja suelta

Lo que iba a encontrar ahí lo vería como empapado en vapores provenientes de su imaginación —influjo de mitos y creencias antiguas o populares. Del caudal de sus lecturas, tan varias como desordenadas, sangraban visiones que se confundían con su percepción de la realidad. Recuerdos de Filóstrato, Apolonio, Pitágoras se mezclaban en su pensamiento. ¿Pero quién era la figura con que se encontró al adentrarse unos pasos por el orificio en la tierra?

Octavo cuaderno (continuación)

... Era un conducto angosto y rectangular. Había espacio apenas entre el techo y mi cabeza. Una antigua alcantarilla, probablemente. No podía ser cualquiera, ese que estaba ahí de pie y parecía que me esperaba. *Eso* sería absurdo. Alzó una mano y dijo:

Cuidado con la cabeza. Vamos a mojarnos los pies.

No reconocí su cara ni su voz, pero estaba seguro de que era mi amigo.

Algunos conductos desembocaban en estanques o piscinas para volver a distribuirse en nuevos ramales. En distintos nichos en la tierra o en la piedra había simios de pelo gris. Y había también gatos, que confundí con simios, en nichos y recovecos aquí y allá. De vez en cuando una golondrina nocturna o un murciélago pasaban rozando las paredes de piedra, y yo alzaba una mano para protegerme la cara. Encendí la linterna del telefonito, pero mi guía me pidió que la apagara. No hace falta luz, me dijo. En varios nichos había lámparas o cristales luminosos que despedían un débil brillo eléctrico. Las cuevas más grandes eran como canteras antiguas. Ahora atravesábamos una galería hecha de paneles vidriosos y acero que penetraba en la roca madre color cal y recordaban un decorado de película de ciencia ficción. Por debajo fluía una corriente oscura. Pero aquello no era un líquido. Eran ratas, torrentes de ratas, comprendí con asco. Sus chillidos, a través del vidrio, eran apenas audibles.

Habíamos dado más de mil pasos a partir de la entrada del túnel, me enteré por el telefonito. Podíamos encontrarnos debajo del monte Licabeto, o cerca del Partenón. Cuando alcé la vista, mi guía se había esfumado. Nadie puede acompañarte hasta el final, pensé. Volví a encender la linterna y vi que estaba en un recinto oscuro lleno de cachivaches y telarañas. Un carruajito sin ruedas, viejas botellas cubiertas de polvo, un balón desinflado, tiestos vacíos. No había señal de internet.

Una puerta de hierro forjado. Una escalera labrada en la piedra, muy empinada. Asciendes lentamente. Encima de tu cabeza hay una trampa. Empujas con ambas manos, la trampa se abre fácilmente. Apartas una alfombra raída y polvorienta. Reprimes un estornudo. Te encuentras en un salón. Piso de madera en cola de pez. Paredes de pórfido rojo. ¿Un museo? ¿Una galería de arte? En algún sitio habrá una cámara invisible, piensas. Dos robots de la altura de un niño de tres años vigilan las entradas, una en cada extremo del salón. Nada ni nadie te impide franquear una, dos, tres puertas que ahondan un corredor bajo un techo abovedado. En lo alto hay pinturas, frescos extensos —cuerpos entrelazados, nubes, rostros— y, en las paredes, espejos enmarcados en oro. Te ves envuelto en un resplandor, y percibes un aroma que recuerda un prado de jazmines. Apagas la linterna. Llegas frente a una puerta de hoja doble rematada en medio punto. Empujas, la puerta se abre. Ahora estás en un dormitorio rococó, y te das cuenta de que aquel olor dulce ha impregnado tus ropas. No hay ventanas visibles pero el resplandor persiste. La luz proviene de un ojo de buey en el centro del techo, altísimo, en forma de domo. Alguien yace bocarriba en una cama descomunal en medio del cuarto. ¡Es Bergoglio, Jorge Mario! Duerme con la boca abierta y emite ronquiditos intermitentes. Te acercas en puntillas, para evitar despertarlo.

En tu cabeza, mientras lo observas, surge la idea: *si quiero, puedo matarlo.* ¿Por qué? Un acto simbólico, un gesto. ¡En nombre de todos los que no han sido escuchados, los olvidados por papas y ministros a lo largo del tiempo! Por todos ellos lo harías. ¿O estás siendo utilizado?

Más allá de la cama hay un gran órgano de viento. Debe de ser antiquísimo, piensas, ¿quizá precristiano? El gordo de pelo azul, sentado al órgano, te da la espalda, comienza a tocar un fandango. ¡Un fandango del padre Soler!

Del órgano surgen vibraciones poderosas que hacen temblar tu ropa. Sientes que la música sale de tus entrañas. Los sonidos hacen que los colores de alfombras y cubrecamas chisporroteen alegremente.

El Papa está moviéndose en la cama. Alza los brazos hacia el techo para marcar con ellos el compás de la música, como si la dirigiera. Abre los ojos, sonríe. Parece contento. Ahora se incorpora al filo de la cama y se pone de pie delante de ti, sin dejar de balancearse con el órgano. De pronto él y tú están bailando el fandango aquel, solemnemente. Es un acto supremo, la culminación de una misa. Pero el Papa, quien lleva sus vestiduras emblemáticas, tiene tu cara. ¡Eres tú! ¡Qué farsa!, piensas. Francisco, o Jorge Mario, *el otro*, es tu acólito. Te sigue en la danza y parece dispuesto a servirte, a complacerte de la manera que a ti se te antoje, se esmera en hacerte sentir a gusto. Te da apretoncitos de mano con aparente cariño y entusiasmo. Te dice que estás haciéndolo muy bien.

Como una pareja de bailarines superiores —¡como los asesinos de Gautier!—, tú y él describen, «con un trenzado de pasos balanceados, comedias de fondo filosófico», que arrancan carcajadas a un público invisible.

El gordo sigue tocando el órgano, se ríe de vez en cuando. Pero de pronto deja de tocar. Grita, con marcado acento platense:

¡Sha tuvo bueno, matalo de una vez! ¡Es solo un puto argentino!

El hombre que está ahora delante de ti, un gigantón que te lleva dos cabezas y tiene un cráneo como un huevo, no hace caso. Te mira, sonriente, y dice:

No hace falta. No vale la pena matar a nadie. ¡Pero a nadie!

¿Seguimos bailando? —sugieres.

Pero paró la música —apunta el otro.

Quien tocaba ya no está ahí.

Bueno —dices—. Voy a pedir que nos traigan el té. ¿O tal vez otra cosa de tomar?

Desde el fondo del cuarto llega la voz clara de un hombre que se defiende ante alguna clase de tribunal. No eres tú quien habla, ¡pero oyes tu propia voz!

Es el escritor, el pobre —dice el cabeza de huevo—. Hoy sí lo joden.

Un camino que asciende

Está nevando en Kavala (no muy lejos de la frontera búlgara) y la nieve es un fenómeno amigable. Es la cosa más amigable que alcanzo a percibir en mis circunstancias actuales. Palabras, ideas como «cura», «responsabilidad moral», «responsabilidad legal» aparecen en mi cabeza y desaparecen.

Varias de mis facultades, como dicen, me han sido restituidas. Han puesto a mi alcance una computadora, mi telefonito (cuya contraseña recuerdo, como por milagro, pero que no me sirve de nada, porque no tengo señal) y un documento de identidad. Me cuesta reconocerlo, lo reconozco.

He descargado mis responsabilidades civiles en el Estado griego, representado en las personas de los doctores Manos y Galanis. Esta mañana me visitaron en compañía de un hombrecito gris, enviado por la fiscalía de Kavala como testigo. He conferido a Atina la tutoría de mis bienes y cuentas bancarias en territorio griego. Todos, me aseguran, saldremos ganando. Debo ser optimista.

Firmo por cansancio. No es la primera vez que el cansancio determina mi conducta.

De la puerta principal proviene un clic electrónico y la puerta se entreabre, dos, tres pulgadas. Dentro de poco, pienso, cortarán la corriente eléctrica del cuarto donde he pasado los últimos días, ¿o semanas?, y dentro estará oscuro y hará frío. Tomo la maletita con ruedas donde he empacado tres mudadas de ropa que me dieron, gratis, y unos libros. Pongo la computadora en la mochila y me la echo a la espalda.

Salgo del cuarto. Arrastro la maleta por una alfombra gruesa con diseños geométricos que parece nueva. Decido bajar por las escaleras de emergencia, pero no las encuentro.

En el vestíbulo, para mi gran sorpresa, me esperan una mujer que supongo que es Atina y el doctor Galanis; ella con un ramito de flores; el doctor, sin bata, sonriente.

¡Qué sorpresa! —digo. Las flores, pequeñas y blancas, son muy olorosas. ¿Jazmines? Pregunto—: ¿Atina?

¡Mi amor! —Me da un abrazo, me besa las mejillas—. *Agapi mu.*

Podría acostumbrarme, pienso.

¿De verdad nos conocemos? ¡Qué suerte tengo! —le digo.

Aún hay más —dice el doctor—. Pero vamos, vamos al auto, nos están esperando.

¿Quiénes? —quiero saber.

Amigos —dice el doctor—, buenos amigos.

Lo dudo un momento. No hay alternativa.

Vamos, pues.

La nieve cae en copos de tamaño mediano, sin revolotear, como pelusa en el vacío. El cielo de fondo es color plomo y el mar hace pensar en carbón líquido. Se entrevé una ciudad de provincia al pie de las montañas. Hay un silencio poco natural.

El auto que nos espera en la calle es negro y tiene vidrios polarizados. Al acercarnos, los faros se encienden, se abre la puerta del conductor y se oye la radio que transmite un noticiero en inglés: misiles rusos caen sobre una ciudad en Ucrania.

El conductor baja del auto. Es un hombre alto, de cierta edad. Tiene ojos azules y, me digo a mí mismo, un aire familiar. Me saluda por mi nombre. Toma mi maleta y la mochila.

Lo conoces —me dice Atina—. Trabaja para mi padre. (Pero yo no la reconozco a ella ni sé quién es su padre.)

Pítaco me llaman —dice el conductor, mientras acomoda el equipaje en el baúl.

Es mi amigo, aunque no lo recuerde, me digo a mí mismo. Todo está bien.

El doctor abre una de las puertas y me invita a subir. Veo entonces que en el asiento trasero hay alguien más. Es un hombre alto, de cabeza con forma de huevo y pelo muy corto, amarillo. Escucha las noticias, el cuerpo inclinado hacia el asiento delantero. La mujer se sienta a mi lado. El doctor sube en el asiento del copiloto y arrancamos.

Las noticias son terribles —dice en español el desconocido, y apoya su cabeza rapada en la ventana, que debe de estar muy fría—. Acaban de bombardear un hospital infantil. Ha muerto mucha gente. Muchos niños.

El acento es leve, pero ahí está. ¿Quién es esta persona?, me pregunto. ¿Ranke? Me digo a mí mismo que no importa. Ya nos presentarán. Tampoco importa quién soy yo, ni quién he sido.

Pítaco conduce innecesariamente rápido. La nieve se deshace en el parabrisas y el paisaje es un borrón tras otro —árboles agobiados por la nieve, un precipicio negro y blanco, una choza— a orillas del camino que asciende, solitario y tortuoso.

SEGUNDO LIBRO
Designios del destino

Yo tomo, yo doy. Hago rico al rico y al pobre, pobre, feliz al feliz y al infeliz, infeliz, según el sitio y la estación. No permito que nadie viva en este mundo inferior más que un periodo determinado por mí; y devuelvo a quien yo desee a este mundo por segunda o tercera vez, mediante la metempsicosis, una ley universal.

La Revelación,
Nínive, Mesopotamia, siglo XII

I.

Yo había cultivado la amistad del doctor Gerásimo Galanis, y el doctor, según creo, se interesaba en mí genuinamente. Poco después de haberme empeñado en obtener el «Manuscrito con encantamientos» expuesto en el Museo Bizantino y Cristiano de Atenas, sufrí un brote de locura, como consta en mis escritos. Desconozco los detalles de cómo terminé internado en Dafní, el psiquiátrico ateniense. Sé que una noche de invierno me vieron corriendo medio desnudo por las calles de Plaka, y que el agente de policía que me detuvo declaró que yo aseguraba que mi nombre era Jorge Mario Bergoglio, que yo era el papa Francisco. Y sé que fui atendido posteriormente, a instancias de Atina, en la clínica privada del doctor Galanis.

Mi alterego, el suizo Rupert Ranke, a quien el doctor conoció por azar en Atenas mientras sufría un «síndrome confusional agudo» tras acometer la transcripción y conclusión de mis cuadernos, también había ingresado, por voluntad propia, en la clínica del doctor.

El doctor, como él mismo me confió, se había acostumbrado a ver en sus pacientes legítimos sujetos de sus experimentaciones, «escalones vivos hacia el conocimiento», y celebraba la curiosa coincidencia de haber conocido a Ranke poco después de comenzar a tratarme en su clínica. Ranke y yo, pese a que manteníamos una relación de simbiosis y rivalidad literaria, o tal vez debido a eso, estuvimos de acuerdo en someternos simultáneamente a los experimentos del doctor.

II.

El doctor Galanis estaba cansado de las peleas contra las convenciones, peleas de las que en pocas ocasiones salió victorioso, según se quejó alguna vez. Los pacientes en Tracia y Macedonia y otras partes de Grecia con quienes pudo experimentar en el pasado habían sido, casi todos, casos límite: individuos que sufrieron pobreza extrema, desarraigos violentos, catástrofes producto de conflictos y procesos más sociales o materiales que espirituales. Como Anastasia, que tenía un apellido ruso y otro griego, que creía que era telépatica y que podía leer los pensamientos de compañeros y doctores, y prefería vivir confinada; o Mohamet, que era marroquí pero que había sido arrestado como turco, acusado de elaborar planes de terrorismo; o como Yázmin, una chica siria que *sentía* que llevaba siempre una soga atada al cuello y que acabó suicidándose... La lista era interminable.

Malinterpretaciones de los motivos del alma, le gustaba resumir al doctor.

Paranoó, el verbo griego para «malentender o malinterpretar» (*Paranóise ta lógia mu*: malinterpretó mis palabras) se encuentra en la raíz de nuestra «paranoia». Nuestra concepción personal de la realidad es una cadena de malentendidos y malinterpretaciones —decía—. Las creencias son síntomas. (¿Si no tuviera mi caique de motor eléctrico en Kavala, tal vez no pensaría lo mismo que pienso ahora?, me preguntó una vez, ¿con cinismo?, sentado al escritorio de madera y mármol en su centro experimental en el monte Pangeo, donde trabajaba y estudiaba, en mi opinión, sin suficiente descanso.)

Lo que le interesaba actualmente no era tanto la locura en sí, encarnada en las listas de los psiquiátricos de todo el mundo, sino lo que un filósofo contemporáneo describió como los «residuos que se salvan solo gracias al trabajo de los escritores, cuando resurgen de los abismos que llamamos "enfermedades mentales"».

...

En el transcurso de la observación experimental ejercida sobre Ranke y mi persona durante la última fase de unos tratamientos intensivos que él consideraba exitosos, el doctor Galanis se limitó a sugerir, para sendos «proyectos literarios», la producción de informes realistas, personales o documentales, de extensión libre, sobre la pervivencia de una religión antiquísima, enigmática y de origen étnico impugnado, que prescribe la endogamia y que algunos estudiosos llaman *wazarismo*, aunque tiene otros nombres. En varios textos escritos por cristianos y musulmanes se les llama «adoradores del diablo», y han sido objeto de persecución religiosa en innumerables ocasiones.

El doctor había deseado, desde años atrás, esclarecer, en la medida de lo posible, cuánto de lo que había leído y oído acerca de esta enigmática fe estaba fundado en datos verificables, y cuánto era producto de la fantasía de viajeros y escritores occidentales; pero ni sus actividades científicas y médicas le habían permitido tomarse el tiempo requerido para una investigación profunda, ni su valor personal había sido suficiente para que se embarcara, de manera personal o física, en semejante aventura. Ranke y yo seríamos sus vicarios, nos dijo. El hecho de que el concepto de metempsicosis fuera central para esta religión le hacía pensar que sería, para nosotros, un incentivo.

Se abstuvo de intervenir en las decisiones que cada uno iría tomando a partir del momento en que nos dio de alta. Pero su interés en estos trabajos no era puramente neurológico o psiquiátrico (después de todo, había logrado constituirse en albacea de ambos), y proporcionó un contacto a cada uno en el sitio de destino de nuestros viajes. Yo volaría a Erbil para seguir por tierra hasta un pueblo paupérrimo del Kurdistán llamado Sharia, donde me alojaría en casa de una familia de *sheikhs* wazaríes; el suizo iría a la isla de Leros, en el Dodecaneso, para pasar una temporada trabajando en un campo de refugiados.

III.

La situación económica de Ranke no era precisamente holgada, pero había heredado recientemente de sus padres dos cuentas bancarias que le permitían vivir con cierta comodidad y definían su perfil. (Como el doctor solía decir: si el temperamento es destino, la herencia es karma.) En el árbol genealógico de Ranke, injertado y podado cuidadosamente por el doctor, había ramas de místicos, de cruzados, de mercenarios, de historiadores y de banqueros; y en su memoria personal había algunos falsos recuerdos, reforzados por el doctor, provenientes de sus lecturas de adolescente —como las novelas de Karl May, ladrón de relojes en Sajonia, quien, después de un tiempo de cárcel en Hamburgo, donde oyó contar historias a viajeros presos, se convirtió en escritor. La acción de sus novelas se sitúa en el Oeste norteamericano, en el Norte de África, en el Kurdistán..., lugares que May nunca visitó. Sus héroes son nativos de esos lugares, o europeos que han adoptado la cultura o el punto de vista de los nativos.

Ranke era escrupuloso. Antes de intentar establecer contacto con ningún wazarí, se dio a la tarea de leer cuanto texto sobre su historia y sus creencias pudo conseguir en Atenas. Visitó librerías y bibliotecas, consultó en la red y se puso en contacto con algunos centros de estudios etnológicos.

Como cualquiera que intentare documentarse acerca de esta extraordinaria etnia, Ranke se encontró con una serie de informaciones confusas, contradictorias, desorientadoras. Una de las características de la tradición wazarí es el rechazo —hasta hace solo unas décadas— de la transmisión del conocimiento y la memoria religiosa por medio de la escritura. Es virtualmente imposible conseguir «datos históricos» anteriores al siglo XX fijados por los propios wazaríes, que además, en muchos casos, aun en la actualidad, siguen el precepto de ocultar su verdadera fe para evitar la persecución.

La historia y la doctrina wazaríes provocaron en Ranke una mezcla de curiosidad y admiración que facilitaría su acercamiento a la comunidad de carne y hueso. El que no aspiraran a expandirse, al contrario de las grandes religiones proselitistas, le parecía un rasgo ejemplar; la tolerancia a las creencias ajenas era uno de los corolarios de esta posición lúcida. Pero el principio de exclusión, implícito en la práctica de la endogamia, a Ranke y a mí nos desconcertaba. Ningún wazarí debe casarse ni procrear con miembros de otras religiones; transgredir este mandato suele implicar el destierro o castigarse con la muerte. Nos costaba creer que esta norma siguiera vigente hoy en día. Pero lo confirmaban las noticias que pueden leerse en hemerotecas virtuales sobre «ejecuciones de honor» más o menos recientes de jóvenes wazaríes comprometidas con musulmanes, acusadas de apostasía, tanto en el Kurdistán como en Europa, y muertas por sus familiares más cercanos.

Antes de aterrizar, el pequeño avión de Olympic Air debió sobrevolar varias veces la isla de Leros, que estaba oculta bajo una capa de bruma, como apuntó Ranke en un cuaderno de dibujo de media cuartilla decorado con un mapamundi antiguo. Mientras aguardaba su maleta frente a la cinta transportadora —una maleta negra, extragrande pero medio vacía—, por la cabeza de Ranke cruzaron recuerdos de su paso por la isla tres años atrás, en compañía de una pareja de guatemaltecos, como anotó en su cuaderno. Teodora y su esposo («mi gordo»), la ropa mojada por las olas durante la travesía en zódiac desde Patmos; la fila de refugiados con que se cruzaron en el camino entre el puerto y el campo de aviación...

«Estos recuerdos son como parte de una vida remota, o de algo leído pero no vivido, algo menos real que las historias que oí sobre mi pasado en el centro experimental del doctor Galanis», escribe.

A Ranke le era difícil entender, en retrospectiva, cómo se habían ido encadenando los incidentes que lo llevaron a aceptar el tratamiento que el doctor le ofreció, según reflexiona en las primeras páginas de su cuaderno. No medió interés o compromiso monetario ni material aparente, lo mismo que en mi caso. Sería «un experimento». Una terapia que, además de ayudarle a disipar la niebla de confusión existencial sobre sí mismo (que Rupert evidentemente padecía), podría resultar propicio para su quehacer como escritor.

Los grandes escritores —había dicho el doctor— son todos, pero todos, casos clínicos. Han tenido que demoler estructuras mentales no cuestionadas. ¿Y en qué, si no en eso, consiste la locura?

Rupert había conocido al doctor unos días después de visitar el Museo Bizantino, donde fotografió las páginas expuestas de los manuscritos de la sección llamada «Magia» mencionados en mis cuadernos, que él acababa de transcribir.

Fotografiados los textos, decidió visitar —según le confió al doctor Galanis— las oficinas de la administración del museo para solicitar una copia del «Manuscrito con encantamientos». Cometió entonces un delito de falsedad ideológica, al atribuirse el título de paleólogo y modificar una credencial académica que lo identificaba como tal. Editó el documento en su telefonito (marca Suiza), que manejaba con maestría.

Aunque al principio la dueña del ático en la calle Semelis había desconfiado de Ranke, lo aceptó finalmente como locatario. Su desconfianza provenía de su asociación conmigo: yo me parecía mucho a un brasileño exinquilino suyo, quien le había arruinado la vida, literalmente —le contó a Ranke la señorita Z.

El brasileño solía armar fiestas en aquel ático, a las que invitaba casi siempre a su dueña. Aunque esto no lo dijo ella, Ranke pudo inferirlo: se habían convertido en amantes. Pero el brasileño acabó por mudarse sin previo aviso, debiéndole a Z. el alquiler de seis meses, para irse a vivir con otra carioca al barrio de Neos Kosmos.

Ranke, una vez instalado en el ático, comenzó a transcribir y editar mis cuadernos y papeles, que también debió rematar —así como yo había transcrito y editado (y creo que también mejorado) los suyos tres años antes.

Pronto adquirió la costumbre de cenar (solía permitirse solo una comida completa al día desde hacía algún tiempo) en una *taverna* familiar llamada Ta Skalakia, situada en una pequeña calle empinada que termina en un tramo de escaleras, como tantas calles en las colinas atenienses. Ahí se habían dado cita desde larga data griegos de clases muy distintas: desde armadores de barcos, vendedores de armas y políticos hasta basquetbolistas, tocadores de rebética, actores... Todo menos periodistas, considerados gente *non grata* por los propietarios y algunos de los clientes. Una noche que Ranke llevó consigo un borrador impreso de las transcripciones de mis cuadernos para leerlas mientras esperaba su comida, un hombre de edad mediana y aspecto distinguido, que era el doctor Galanis, se acercó a su mesa.

¡Usted es el escritor! —le habrá dicho en inglés—. ¿No se llama usted Rupert Ranke? Leí su libro hace poco. No lleva su foto, pero su traductor, ¿o su editor?, lo describe. Usted es Ranke, ¿sí o no?

La afluencia de sangre que Ranke debió de sentir en la cara (y que el doctor advirtió, según me dijo: «Se puso rojo rojo») lo avergonzaría y enfurecería consigo mismo.

«A veces», cuenta el doctor que contestó, con aparente incomodidad. La respuesta era, como tantas cosas dichas por Ranke de algún tiempo a aquella parte, un plagio (me dijo el doctor). Había oído decir que un autor consagrado respondió de esa manera a algún impertinente que lo abordó en un sitio público, medio siglo atrás.

A veces... Curiosa respuesta, ¿no? —me dijo el doctor, que había tomado nota mental de aquella escena—. Fue así como me presenté. Le dije que era un honor conocerlo, que su libro me había parecido muy ingenioso.

Entonces Rupert le estrechó la mano con energía, comentó el doctor. Un poco más tarde estaban comiendo y conversando cordialmente.

Al salir del pequeño aeropuerto de Leros, Rupert fue abordado por un hombrecito bajo, de cabeza rapada y barba canosa y abundante.

Bienvenido a la isla de los locos —me dijo en inglés con un fuerte acento del Medio Oeste americano. Sonriente, con camiseta deportiva, pantalones cortos y tenis negros, me miraba a través de unos lentes gruesos de montura negra. Sus ojos, muy oscuros, parecían demasiado grandes, escribe Ranke.

El hombrecito se llamaba Mark Liddell y era el psicólogo residente del *hotspot* de Leros, recomendado a Rupert por el doctor Galanis; y encargado por este de observar y reportar puntualmente los movimientos y conversaciones de Rupert durante su estadía en la isla, según me enteré más adelante.

Con su gran maleta rodante, Rupert siguió a Mark hasta más allá de una taberna que ya conocía. Posiblemente fue aquí donde Armando Quirós, el esposo de Teodora, contrajo el coronavirus que terminó con su vida, y permitió que Rupert se acercara a su viuda, a quien siguió de Grecia a Guatemala —donde su idilio acabó de manera desdichada.

Vamos a tener un problema —dijo Mark, indicando un Smart amarillo estacionado bajo un roble cuyas raíces reventaban el asfalto— con tu maleta.

Rupert respondió que no, que estaba medio vacía, que podían comprimirla. Y así lo hicieron, como consta en los minuciosos reportes que Mark enviaría al doctor.

Una luz gris y deslumbrante hacía visible, aquí, el bulto de una vaca o un caballo, allá, la silueta de un árbol o las aspas de un molino. El mar no se veía y las cimas de los montes se perdían en la bruma, aquel día. Llegaron a lo alto de una colina sin árboles, y Mark hizo ver a Ranke un promontorio rocoso recortado contra el cielo gris y dijo:

Ahí está la casita que vamos a compartir.

Con su telefonito, Rupert tomó varias fotografías. Los rayos del sol, ya alto en el cielo, formaban inmensos haces dorados entre las nubes.

El campamento donde trabajamos —siguió diciendo Mark— queda bastante cerca. Milla y media tierra adentro. El mar, aunque no lo puedas ver, tampoco queda lejos. (Unos trescientos metros en la dirección opuesta.) Hay una caleta con orilla de rocas. Un lugar perfecto para nadar.

Unos cuatrocientos wazaríes provenientes del Kurdistán vivían en el *hotspot* establecido recientemente en una de las pocas zonas boscosas de la pequeña isla, pese a las críticas de los ecologistas locales. Varios ataques se habían producido en otros campamentos por parte de fanáticos musulmanes contra miembros de religiones minoritarias, como las hay tantas desde hace tanto tiempo en aquella parte del mundo —estaba diciendo Mark, cuando Rupert lo interrumpió.

Tienen prohibido comer pescado los wazaríes, ¿cierto? —dijo—. Otra de las cosas que no entiendo.

Mark:

Por respeto a Jonás, dicen. Cuando se negó a ir a predicar a Nínive... Conoces la historia. Una ballena lo salvó.

Pero una ballena no es un pescado.

Los dos se rieron.

Algunos veneran al rey Ahab —siguió Mark.

¿Pero...? Melville ¿habrá sabido quiénes eran?

¿Los wazaríes? No lo creo.

Desde el pequeño promontorio donde estaba la casita, que era parte de un molino de viento en ruinas, con una pequeña terraza y su sombra de parra, Rupert fotografió, por debajo de las nubes, la superficie plateada del mar. Hacia el oriente había una quebrada árida de forma cuadrangular —un olivo, una higuera, dos burros alcanzaban a verse en las fotos tomadas por el suizo— y más allá, en las faldas de una colina deforestada (lomo de diplodoco) había varias hileras de tiendas de campaña, contenedores blancos y grandes tanques de agua color negro sobre torres de hierro.

Después de mostrarle a Rupert la casa —cocina rústica; una salita fresca y oscura, las ventanas condenadas; un cuarto de baño con ducha sin cortinas (PLEASE SAVE WATER PLEASE, decía en letras enormes en una de las paredes) y su dormitorio (con un camastro que le quedaría corto a Rupert)—, Mark sacó dos cervezas de un viejo refrigerador y fueron a sentarse bajo la parra.

Entre las lecturas antropológicas de Ranke se encontraba una tesis sobre los yazidíes (grupo que comparte muchos rasgos con los wazaríes y puede confundirse con ellos) que criticaba el uso de las narrativas de sobrevivientes de catástrofes humanitarias, las que suelen ayudar a conseguir financiamiento para organizaciones de beneficencia, pero que pueden afectar de forma negativa a los propios testigos. De acuerdo con la autora de la tesis, varios grupos civiles, sin duda bienintencionados, ejercían en la actualidad prácticas dañinas. Además de las falsas promesas (a veces solo implícitas) que acompañaban el hecho de poder contar sus historias al «mundo de fuera» —el público occidental, americano o europeo— el solo hecho de revivir, al contarlas, las atrocidades a las que habían estado destinados los convertía de nuevo en víctimas. Si estaban esperando que una vez contadas sus historias recibirían ayuda efectiva, como era natural que lo esperaran, sufrirían desengaños. Era indispensable proporcionarles cuidados psicológicos adecuados por parte de especialistas, escribía la autora de la tesis. Pero mientras tanto sus salvadores occidentales ganaban prestigio, producían artículos, libros, aun películas, basados o inspirados en sus tragedias. En las conclusiones de la tesis se sugería el uso de las formas poéticas en los talleres de escritura, en lugar de las narrativas directas, para evitar posibles efectos postraumáticos.

Poesía. Eso vamos a hacer —dijo Mark con entusiasmo después de oír a Rupert resumir aquella tesis—. Sonetos, verso libre, aun poemas en prosa y haikús. Cero anécdotas.

Hacía dos años —contó Mark un poco más tarde— una voluntaria norteamericana y un autor francés, un excelente autor francés, un autor «universal», habían impartido un taller de escritura creativa en otro campamento de la isla, el llamado Pikpa. A raíz de un ejercicio de escritura cuyo tema fue «la noche antes de irme» (es decir, la noche antes de emprender la peligrosa travesía desde sus países hasta Grecia con la mira de llegar a Europa del Norte) uno de los participantes había desaparecido sin dejar rastro, *ningún rastro* —Mark enfatizó—. Un joven de origen sirio había escrito y leído con brío cómo una de sus tías le había dado consejos y un poco de dinero y le había ayudado a hacer la maleta, a modo de despedida, mientras le explicaba que unos parientes lo esperaban en Bélgica. El relato hizo llorar a la voluntaria norteamericana y, casi, al autor francés, que salía apenas de una crisis depresiva. Luego, el joven autor contó cómo un compañero suyo, otro muchacho sirio a quien conoció durante la arriesgada travesía, y que también participaba en el taller, no había tenido a nadie que le ayudara a hacer la maleta o se despidiera de él. Toda su familia había sido aniquilada por las bombas poco antes de su partida, y nadie lo esperaba en ningún sitio. A la mañana siguiente, el muchacho desamparado desapareció. Sin dejar rastro —insistió Mark.

¿O sea, se suicidó? —preguntó Rupert.

Es claro que la cagaron (*They clearly fucked up*) —dijo Mark, refiriéndose a los talleristas—. Contar sus historias suele generar catarsis en las víctimas, y eso es bueno, nadie lo niega. Pero el shock postraumático causado por una narrativa puede ser peor, en términos psicológicos, que el trauma original.

Rupert recordó la definición de Mefistófeles como el espíritu que, queriendo hacer el mal, termina haciendo el bien. *¿Cómo se llamaría el espíritu con quien ocurría lo contrario?*, escribió esa noche en su cuaderno.

Despertó poco después del alba. *Una claridad gris y los reclamos de los pájaros. Estoy en Leros y sin embargo tengo la sensación de estar en un sitio donde he vivido desde hace mucho tiempo*, apunta.

Cuando subieron en el auto de Mark para dirigirse al campo de refugiados, la niebla de la mañana se había disipado. El intenso color del mar y el cielo griegos, los tonos rojizos o cremosos de la tierra salpicada de higueras y olivos quedaron grabados en un vídeo tomado por Rupert con su telefonito. Al acercarse al campamento, se hizo visible una valla alta coronada con espirales de alambre, cuyas pequeñas cuchillas brillaban con el sol.

Guardias armados, corpulentos y musculosos cuales jugadores de rugby, revisaron pasaportes y pases de vacunación. Hicieron dos o tres preguntas rutinarias, abrieron los portones de tela metálica, indicaron a Mark dónde estacionar.

Vienen de Atenas —dijo Mark—, los cambian cada tanto.

Había entre ellos una mujer de coleta alta, cintura de avispa y nalgas prominentes.

Es demasiado atractiva para el puesto —dijo Rupert—, ¿no?

Una mujer. Rupert no había gozado de la compañía de ninguna desde la temporada que pasó con la desleal Teodora. Tres meses extraños y grises de lluvia y frío en Guatemala, ese país supuestamente tropical. Un desengaño que lo reduciría a la infelicidad durante mucho tiempo, y que dejó una marca profunda en la corteza de su esfera emocional, según el diagnóstico del doctor.

Caminando hacia las tiendas de campaña que hacían de escuela, donde impartirían el taller, pasaron cerca de un grupo de hombres sentados en círculo en el suelo polvoriento y brillante con pedacitos de vidrio roto; conversaban y fumaban apaciblemente, mientras varios niños, entre gritos, perseguían a dos cabras no muy lejos de la valla de alambre.

No hay que verlas como mascotas —explicó Mark—. Son provisiones con patas.

Más allá, unas niñas saltaban cuerda o bailaban a la música de un smartphone y un pequeño amplificador.

Pasaron frente a los baños para el personal administrativo y los profesores, y se dirigieron a un contenedor convertido en oficina. ADMINISTRACIÓN, decía un letrero en griego pintado sobre la puerta. Rupert tuvo que inclinar la cabeza para pasar.

Mark lo presentó al director y los profesores de Matemáticas y Religión. Como buenos wazaríes, lucían grandes bigotes. El director era de la casta de los *sheikhs* (los líderes) y los otros eran *pirs* (maestros espirituales), explicó Mark.

Los profesores sirvieron en vasitos de cartón un té muy dulce.

Como lo preparamos en casa —comentó con semblante grave el director mientras daban los primeros sorbos.

El profesor de Matemáticas pidió la palabra.

¿Tú eres cristiano? —le preguntó al invitado.

Rupert contestó que sus padres eran protestantes. Después de dudarlo un momento agregó:

Yo soy ateo.

Los wazaríes intercambiaron comentarios que Mark no se molestó en traducir.

Rupert sacó una minigrabadora digital, que había comprado en Atenas a última hora, y pidió permiso para ponerla a funcionar. El permiso, después de un breve intercambio en lengua kurda entre el director y Mark, fue concedido.

Vivían en Leros gracias a la ayuda de las autoridades griegas y de países poderosos como Alemania, Inglaterra, Estados Unidos. Estaban muy agradecidos, dijo el director, y agregó con una sonrisa de resignación:

Ocurre lo que Dios manda.

El profesor de Religión habló espontáneamente. Antes de emigrar a Grecia, él había trabajado como reportero para un periódico kurdo, hasta que, víctima de un atentado por camión bomba en la ciudad de Mosul (en la orilla occidental del Tigris, frente a la antigua Nínive), pasó casi un mes en coma, y perdió buena parte de la memoria. Mediante el pago de más o menos tres mil euros a un contrabandista originario de su aldea, que años atrás había traficado bebidas alcohólicas y tabaco entre Irak, Siria y Turquía y que ahora se dedicaba a transportar emigrantes hacia las costas griegas, había llegado a Leros. Como padecía de amnesia, a veces se apoyaba en textos modernos para impartir sus clases. Pero esos textos, publicados por el gobierno kurdo, estaban llenos de falsedades, dijo. Por ejemplo, no era cierto que los wazaríes hablaran una lengua kurda. En cualquier caso, quizá el kurmenji y otros dialectos kurdos provenían de una lengua protowazarí. La vida humana en esa parte del mundo se originó con ellos. Y los otros querían que los wazaríes olvidaran esto, que olvidaran quiénes eran. No en todos los pueblos wazaríes se opinaba de la misma manera acerca de la historia y varias cuestiones metafísicas o míticas. Él, por ejemplo, creía que el infierno existía solo en la mente de los humanos. Para los ángeles no existía el infierno, y, claro, tampoco para Dios. Solo para los hombres que querían creer en él. Las cosas, los animales y las personas que poblaban el mundo que llamamos real estaban sometidos a las leyes de la metempsicosis. Cambios de ropa, decían ellos. La vida física o corpórea fluía en ciclos continuos y no tendría fin. Para salir de aquellos ciclos, para convertirse en una criatura angelical, ni física ni corpórea, era necesario ser wazarí; o sea, haber reencarnado en un miembro de la comunidad wazarí, dijo el profesor de Religión. Ser wazarí es como estar en la antesala a las puertas del reino superior. Para ellos no era tan importante qué creían sino cómo se comportaban.

Una pausa; sorbos ruidosos de los vasitos de cartón.

Las preocupaciones principales para nosotros han sido la diferencia entre el actuar bien y el actuar mal, una diferencia que a veces no es fácil hacer, y la conservación de la pureza religiosa —prosiguió el profesor—. No es que creamos que nuestra religión sea la mejor, pero es la nuestra. Para nosotros todas las religiones, cuando no se abusa de ellas por deseo de poder, son igualmente buenas. Las religiones son trampolines que invitan a saltar al mar de la adoración de Dios.

La breve entrevista acabó en risas gracias a la intervención del director.

¿Por qué quiere emigrar a Alemania?, le pregunta un inspector de migración kurdo a un wazarí —comenzó a contar el director.

Hay dos razones, contesta el wazarí —siguió diciendo el director—. La primera: este es un país de mierda. Nunca va a cambiar, y las cosas, tal como están, son inaceptables.

El inspector:

Pero eso no es cierto. Las cosas están cambiando, nuestro país se está modernizando.

Y el wazarí le contesta —dijo el director, ahora sonriente—: esa es la segunda razón.

En el aula, dispuesta en una tienda de nylon blanco, había más mujeres que hombres. Mientras Mark lo presentaba ante los estudiantes wazaríes, cuya edad media debía de rondar los veinte años, Rupert pasó la mirada sobre el grupo y recibió una impresión de belleza (¿una belleza producto de la endogamia?, se preguntaría luego) y de inocencia.

Ninguna mirada hostil o desafiante. Solamente ojos atentos y sonrisas. Pero escribir sobre todo esto será como caminar por un campo minado, anotaría más tarde. *Por una ventanita de la tienda opuesta a la puerta puede verse un olivo muy viejo. Un muchacho, semioculto tras el árbol, nos observaba desde ahí.*

Fue preguntando, uno por uno, el nombre de cada joven. Once mujeres, tres hombres. Todos entendían, quien más quien menos, el inglés.

Si hace falta —dijo Mark— yo puedo traducir.

No he venido a dar clases de literatura —empezó Rupert, que no quería parecer demasiado serio—. Escribir, y escribir con la mano especialmente, es un acto saludable que puede ser también divertido y aun hacernos felices. —Podría estar hablando de sexo, pensó, como lo anotaría más tarde; pero ese era un pensamiento que no convenía exteriorizar—. Espero poder ayudar a quienes quieran hacer de esta facultad un hábito o una técnica.

Después de los nombres, preguntó por las aspiraciones de cada uno. La mayoría querían convertirse en médicos —le sorprendió averiguar—; otros, en maestros o en programadores informáticos. Uno de los más jóvenes, un adolescente *pir*, quería ser cantante; una joven *murid* (la casta de los artesanos y labradores), muy bella, quería ser actriz.

¿Qué clase de actriz? —preguntó Rupert.

Como Salma Hayek —contestó la aspirante a estrella, para provocar la risa de sus compañeros, y se sonrojó.

Otra joven, de la casta de los *qeweles* (los músicos guardianes de los himnos sagrados, que peregrinan de poblado en poblado interpretando su música y colectando ofrendas, como los rapsodas griegos de la antigüedad), quería ser matemática. En un inglés impecable contó que sabía de memoria un centenar de canciones que había oído cantar a sus abuelos, padres y tíos. Pero no sabía si sería capaz de escribir poemas.

Rupert dijo que la cuestión era fundamental. Había que comenzar por dejar claro que un poema es solo una combinación de palabras.

Cualquier combinación que yo o que cualquiera de ustedes diga que es un poema es un poema. Si es bueno o malo es otro asunto —concluyó.

Jaín, la aspirante a matemática, dijo que entendía.

¿Todos han leído algún poema? —quería saber Rupert.

Ni un sí ni un no. Risitas nerviosas.

Muy bien —dijo Rupert—. Vamos a suponer que sí. De todas formas, importa poco. Cuando uno escribe un poema, puede ponerse en contacto, por decirlo de alguna manera, con toda la poesía que los humanos somos capaces de escribir.

Una pausa.

Es un juego —siguió diciendo Rupert—. Es como inventar un himno —aventuró; pero comprendió de inmediato que su público no había apreciado esta comparación.

Mark había alzado su telefonito para fotografiar a Rupert; luego se volvió hacia la ventanita opuesta a la puerta y se quedó mirando al exterior.

No fue buena idea insinuar que los textos sagrados podrían ser invenciones, anotaría Rupert más tarde. *Creo que incluso Mark se molestó.*

Pidió a los participantes que para la próxima sesión intentaran escribir un poema de por lo menos cinco versos. Tema libre.

Bebían Mythos, la cerveza griega que Mark prefería, sentados a una mesita en la terraza de un café en la plaza triangular de Ángyra, un pueblito a medio camino entre la casa de Mark y el campamento. En el interior, en un rincón oscuro, un músico tocaba el *bouzouki*. Al pasar al baño, Rupert vio que tocaba con solo dos dedos; los otros faltaban en su mano derecha. Sus ojos, dirigidos al techo, eran dos agujeros sin luz. Unas mujeres, sentadas hombro con hombro en otro rincón, escuchaban la música como hipnotizadas.

Es un héroe —explicó Mark— de la batalla de Leros del 43. Se llama Homero.

¿En serio?

Los dos se sonrieron.

Un joven muy alto, espigado, con una barbita de chivo y la cabeza semirrapada, pasó deprisa frente al café. Saludó a Mark sin detenerse ni mirar a su interlocutor, como si Rupert no estuviera ahí.

Del otro lado de la placita de Ángyra, el muchacho de barba de chivo se acercó a tres mujeres envueltas de pies a cabeza en almalafas color lila desvaído. Les dijo algo que Rupert interpretó como un insulto, y ellas le dieron la espalda y se alejaron deprisa.

Un muchacho problema —dijo Mark.

La música del héroe ciego, que hablaba de un amor perdido, de alcohol y de hachís, llegaba claramente a la terraza desde el interior de la taberna. Un vendedor de frutas pasó frente a ellos con una carreta abierta tirada por un burrito de grandes ojos azules. Mark compró fresas y melocotones.

Aquel no era un mal lugar para ver pasar el mundo —decía Mark—. Había sitios mucho peores. De todas formas, él, Mark, no querría estar en ninguno de esos sitios de lujo que abundan en Grecia. La verdad, ni en Grecia ni en ninguna parte. El lujo, hoy por hoy, se había vuelto obsceno. ¿O siempre lo fue?

Hablaron un momento acerca del doctor Galanis.

Me dijo —le contó Rupert a Mark— que se dio cuenta de que yo necesitaba ayuda porque, cuando me preguntó si yo era Rupert Ranke, le contesté que a veces. ¡Tiene que ser un idiota! ¿No?

Yo no creo que sea ningún idiota —replicó Mark, y se levantó para ir por más cervezas, y tal vez también para cambiar el tema de la conversación.

Debía de estar loco si veía una relación de causa y efecto entre su visita a la sección de «Magia» en el subsuelo del Museo Bizantino y su primer encuentro con el doctor, se quedó pensando el suizo. Y sin embargo...

Mark es buena compañía, escribió esa tarde Rupert en su cuaderno. *¿Pero puedo confiar en él?*

Estaba inclinado sobre la mesa de hierro oxidado bajo el emparrado de la casa de Mark, preparando su minigrabadora. Colocó el micrófono sobre una pieza de fieltro para amortiguar los ruidos. Se puso los audífonos: arrullos de palomas y gritos de cornejas, chirriar de chicharras en el fondo.

¿Puedo grabar? —le preguntó a Mark.

Ahora Mark habló de una lapidación ocurrida un año atrás en una comunidad wazarí. Una muchacha de dieciocho años que anunció que iba a casarse con su enamorado musulmán había sido acusada de apostasía. Los jóvenes intentaron huir a Erbil. Los hermanos de la joven la detuvieron. Maniatada, la llevaron hasta un lote baldío en las afueras del pueblo, donde los aguardaban el padre y algunos familiares y vecinos. En medio de los gritos y lamentaciones de la joven, y las risas y burlas de sus acusadores, la despojaron de sus vestimentas. El padre lanzó la primera piedra, una piedra del tamaño de un melón, que le dio en el pecho y la dejó tambaleándose. Siguió una lluvia de pedradas que no se detuvo cuando la víctima yacía ya en el suelo. (Había visto en la red un vídeo con fragmentos de una grabación, algo increíble, dijo Mark.) La enterraron lejos del cementerio junto con el cadáver de un perro negro, como era, aparentemente, la costumbre en tales casos, dijo Mark. Tal vez el perro negro, que es objeto de culto en algunas comunidades wazaríes, serviría de guía a la víctima durante su viaje al otro mundo, antes de su próxima reencarnación.

Es la ley —dijo Mark un poco después a modo de conclusión; y con un dejo de ironía—: y la ley hay que obedecerla.

Rupert negó con la cabeza sin decir nada y apagó la grabadora.

Mark se levantó para ir por más cervezas.

Ese cabroncito —dijo Mark, reanudando la conversación y echando una mirada a la colina donde estaba el campamento—, el que me saludó en Ángyra. Me hizo un día una especie de confesión, que a mí me pareció una amenaza. Comenzó hablando de un amigo suyo. Había hecho tantas maldades que perdió la cuenta, me dijo. Le costaba encontrar palabras para describirlas. Había matado mujeres encintas, violado niñas. Había comprado y vendido bebés, había degollado hombres, viejos y viejas. Y todo esto lo había hecho en el nombre de Dios. Él se preguntaba si ese Dios, en Cuyo Nombre su amigo había hecho tantas maldades, no sería en realidad el diablo. Pero ese amigo, no vas a creérmelo, resultó ser él mismo, ese cabrito. ¡Me lo dijo con una sonrisa de psicópata que casi me hago encima!

Tendrá unos veinticinco años —siguió diciendo Mark—. Ha logrado hacerse pasar por wazarí. No es nada fácil hacerse pasar por uno, circuncisión aparte. —Risas—. Pero este cabrito es muy observador. Dice que su padre era wazarí, pero que los del ISIS lo mataron en Bashi y a él lo secuestraron y lo obligaron a convertirse al islam. Fue a Palmira, ya como miliciano. Con nombre musulmán; ahora tiene otro. Durante un tiempo fue carcelero de wazaríes en distintos lugares en Siria. Aprendió mucho, me dijo. Tiene una memoria que da envidia. Memorizó oraciones, versos, canciones de diferentes partes... Aprendió a hablar un dialecto wazarí que tiene más de árabe que de kurmenji, y algo de parsi.

No debí decírtelo, por ética —Mark se sonrió—, pero tenlo en cuenta. Por si te lo encuentras por ahí.

126

Desperté en medio de ruidos campestres que, sin serlo, me parecen familiares —anota a la mañana siguiente Rupert en su cuaderno—. *Gritos de pájaros, un rebuznar angustioso, ladridos de perros, un largo balido. Recordé bruscamente que soñé con Jaín, la joven aspirante a matemática. Se reía de mí, asegurándome que ella no es wazarí, en realidad, sino atea.*

En la tienda que hacía de aula para el taller, los jóvenes leyeron en voz alta, en orden aleatorio, los poemas escritos la víspera.

Alguien, al terminar la lectura, sugirió que trataran de elegir entre todos los mejores poemas. Rupert dijo que eso sería problemático. El concepto de mejor o peor, en un asunto que tocaba al gusto (¿había otro criterio para juzgar un poema, una canción?), era casi siempre debatible. Pero como varios de los jóvenes parecían favorecer con viveza aquella especie de concurso, agregó que podían hacer el experimento.

Después de una segunda lectura y la subsiguiente votación, Mark anunció los favoritos.

Piedras y voces

> *¿Caen piedras del cielo?*
> *¿Te sientes débil?*
> *Unas voces dicen desde los rincones:*
> *¿Cómo ilustrar el presente*
> *Con líneas y puntos en un papel?*

Sol triste

> *¿Qué caras calentaste*
> *O triste Sol enfadado,*
> *Anuncio de una nueva vida?*
> *Pronto llegarán los cambios*
> *Una revuelta de banderas blancas*
> *Y rojas. Una caravana de hombres*
> *Buenos. ¡Volverá el tiempo de la Luz!*

No me importa

> *No me importa el peligro*
> *No me importa el martirio*
> *Que me corten la cabeza, no me importa*
> *Que me quemen viva, no me importa*
> *Si el Cielo acepta mis ofrendas*

Terminada la sesión, formaron dentro de la tienda un círculo con los pupitres, y Mark y Rupert repartieron refrescos y bizcochos.

Aunque su poema (sin título) no fue seleccionado, el escrito por Jaín le había parecido a Rupert el más personal, el más urgente, anotó en su cuaderno. Ya encontraría el momento para hacérselo saber.

> *A qué hombre, cuándo,*
> *Me será dado, dónde,*
> *Verle a los ojos sin vergüenza*

Como al descuido, según el informe de Mark, Rupert encontró la manera de sentarse cerca de Jaín.

Se puso a conversar con el muchacho que se había colocado a su izquierda, el aspirante a músico. Rupert quería saber qué música le gustaba. Jaín ofreció interpretar.

La de su pueblo, contestó el muchacho. En especial la de un músico llamado El Libnani. Era un hombre de unos setenta años, famoso desde muy joven. Solía cantar sobre lo que pasaba en su pueblo a medida que iba ocurriendo. «Ayer nos atacaron en Shing, y nuestros amigos, que antes comieron y bailaron con nosotros, no nos defendieron, nos abandonaron sin armas en los montes...», decía una de sus canciones más recientes. Era el músico wazarí más importante, dijo el aspirante a músico, y Jaín, que traducía, estaba de acuerdo. Rupert podía oírlo en internet, si quería. Rupert dijo que quería.

El músico en ciernes sacó su telefonito, pidió permiso para ponerlo en altavoz y escucharon dos o tres canciones. El ritmo, los cambios graduales de tempo, desde un inicio lento que iba acelerando hacia un *finale presto* que tendía al paroxismo; las conversaciones entre las cuerdas y la percusión recordaban la música norteafricana; las modulaciones de voz podrían ser indias o gitanas, observó Rupert.

Jaín le dijo:

No menciona nunca los nombres de nuestros enemigos. Dice solamente *ellos*.

Se sabe quiénes son —dijo el muchacho, y luego se puso a escribir mensajes de texto.

Rupert entabló conversación con Jaín.

Así que quieres ser matemática —le dijo—. ¿Dónde te gustaría trabajar?

En el Kurdistán —contestó sin vacilar.

Rupert había imaginado que nombraría algún país europeo.

Claro —dijo.

Sintió el deseo de mostrarle más mundo —Europa, tal vez América— a la joven Jaín.

En aquella mañana fresca que ya comenzaba a calentar, Rupert sintió, además, el deseo de salvarla, según anotó. Siendo tanto mayor que ella, no resultaba fácil reactivar la imaginación amorosa. Pero «en el abismo interior de la esencia metafísica de mi conciencia» (Schopenhauer) una semilla había germinado.

Liberarla fue el primer término con que llamé para mí mismo la intención que comencé a animar mientras inhalaba el aire que envolvía a Jaín y la veía y la escuchaba contar cómo había viajado con varios miembros de su familia desde su aldea en los montes Zagros a través de Turquía hasta Mármara, y de ahí, en una pequeña zódiac, a la isla de Rodas, para seguir en un caique vetusto y terminar en el hotspot *de Leros. Yo no le he preguntado nada acerca de todo esto. Ella ha sentido el deseo de contármelo. Un vínculo emocional se ha establecido entre los dos,* escribe. Y más adelante:

Me sentí como la masa suspendida de un péndulo que oscila entre los dos extremos de un espectro sentimental —de un lado, la mujer madura y dominante; del otro, la jovencita vulnerable. Estoy, ahora mismo, alcanzando el punto de máxima desviación —un instante de quietud, antes de que inicie el movimiento inverso. Siento un vértigo parecido al que sentí cuando me di cuenta de que estaba enamorándome de Teodora. Fantaseo con la idea de una posible vida junto a Jaín.

Y esta reflexión me causa desasosiego: en ambos casos, ley y moral son adversas a mi cometido.

Y:

¿Salvarla de qué? ¡No es posible! ¿Extraerla de su medio, es eso lo que concibo como su salvación? Podría ofrecerle al menos la oportunidad de escoger entre dos o tres cosas: estudiar aquí o allá, vivir aquí o allá, o volver a su pueblo, como ella quiere, en el Kurdistán.

Por la tarde acompañó a Mark al café en el pequeño triángulo de Ángyra. El músico estaba ahí, pero ese día no tocaba. Bebieron sus cervezas en la terraza sentados a la misma mesita de la vez anterior. Mark, maravillado por la calidad de los primeros esfuerzos poéticos de los jóvenes wazaríes, expuso la idea de publicar un librito, una vez concluido el taller. Rupert no lo desanimó.

Habrá que ir viendo —dijo con reserva.

Creo que algunos de estos poemas pueden ser producto del plagio, había escrito en su cuaderno.

Hablaron un momento sobre la guerra en Ucrania.

Mark acababa de leer *Un mago en el Kremlin.*

Un encargo de Putin, es claro —dijo—. No deja de criticarlo, pero es como si quisiera que lo entendamos. Intenta justificarlo.

Agotada la política, entraron en materia metafísica. ¿Qué significado, en la esfera espiritual, podían tener las grandes guerras y migraciones humanas? Era posible vislumbrar movimientos colectivos de almas, que, como algunos parásitos, viajaban de un cuerpo a otro... ¿No podría el ser humano, parásito supremo de la Tierra, finalmente transmigrar a otros planetas —o a otros *planos*?

Una joven que pasó por la parte baja del triángulo hizo que Rupert recordara a Jaín. Sintió cómo el pulso se le aceleraba. *Todavía ocurren estas cosas*, escribiría más tarde.

Vamos —dijo Mark.

Se levantaron para pagar sus cervezas, mientras la joven parecida a Jaín y otras dos, que se le habían unido, se alejaban camino arriba hacia el campamento.

Bebieron más Mythos en la casita de Mark.

¿No vas a aburrirte de esta vida?

Rupert dijo que para nada.

Sin embargo, Mark debió de adivinar algo de lo que pasaba en su interior (¿o había fisgoneado en su cuaderno?, Rupert se preguntaría más tarde), porque le dijo:

Aquí está prohibido enamorarse.

Y Rupert:

¡Ya lo sé! Es una estupidez.

Un largo silencio, como si la ambigüedad de la última frase (¿el juicio se refería al enamorarse, o a la prohibición?) hubiera quedado flotando en el aire.

Cenaron tzatziki, uvas y nueces, unas cervezas más.

Tarde por la noche, tumbado en el camastro, vuelto hacia la pared húmeda que daba a oriente, Rupert no lograba sacarse a la joven wazarí del pensamiento, escribió. Con los ojos cerrados la veía en su imaginación leyendo aquel poema, que —se lo había dicho en voz muy baja— fue el que más le gustó a él. En el aula, habían tenido este intercambio mientras tomaban el refresco y los bizcochos que se habían convertido en costumbre después de las lecturas:

Eres muy amable —había dicho Jaín, ¿con un leve sonrojo?

No lo dije por amabilidad.

Dijiste que escribir puede hacernos felices. Pero entonces, también puede hacernos infelices, ¿cierto? —había continuado ella.

Tienes razón —contestó él, y con una voz casi inaudible—: Como el amor.

Un germen de rebeldía se desarrolla (¿en ambos?) en contra de una ley que es inevitable aborrecer.

¿Tocaremos alguna vez el tema de la endogamia? Tarde o temprano surgirá, quizá en una de las sesiones del taller. —Y concluye así sus reflexiones de esa noche—:

¿A qué país podemos irnos? Pero esto es solo un juego, un pasatiempo. Está prohibido. Punto.

Al día siguiente revisó un borrador de su traducción del griego (no había encontrado versiones en otros idiomas) de *La Revelación* wazarí que compró en Atenas, «un libro que los extranjeros no deben leer y ni siquiera ver».

Participo en todos los acontecimientos que los que observan desde fuera califican de malignos porque no ocurren según sus deseos...

Por la tarde, en vez de ir al café del triangulito de Ángyra, Rupert decidió ir andando hasta el puerto de Lakkí por uno de los senderos de cabras que atraviesa la isla. Ya bastante cerca de su destino, al bordear un peñasco, se encontró cara a cara con el muchacho que habían visto pasar Mark y él frente al café, a quien apodaron el Cabrito. Rupert dijo *Signomi* (Disculpa), y el otro se sonrió con sarcasmo. *Teacher* —dijo en inglés. Reculó un paso y se llevó una mano a la espalda para sacar un cuchillo de hoja curva. Lo mantuvo junto al muslo.

Fuck off! —le dijo Rupert.

¿No vas a sacar el tuyo? —preguntó el otro—. ¿O no llevas cuchillo? —Se rio—. No te preocupes. Era una broma.

El cabroncito se inclinó hacia Rupert (eran casi de la misma estatura), y le dijo:

Te vi mirando a Jaín. Te vi por la ventanita (de la tienda que hacía de aula). Mark no me deja tomar el taller, no le caigo bien, pero yo miro. Los que la miran se enamoran de ella. Pero ella solo puede casarse con un *pir*. —Retrocedió otro paso, guardó el cuchillo—. Yo soy *pir*.

Rupert miró de un lado a otro.

Está bien. ¿Cómo te llamas?

¿Cuál es tu religión? —replicó el supuesto *pir*, sin decir su nombre.

Rupert no contestó.

¡Ateo hijo de puta! —le dijo el joven y escupió en el suelo. Dio un pequeño rodeo, sin quitarle la vista de encima a Rupert, que estaba ahora de espaldas a la roca. Volvió a escupir y siguió su camino.

Rupert sintió ganas de orinar en ese instante, como escribiría después.

¡No vuelvas a usar este camino —oyó gritar en inglés ya desde cierta distancia al Cabrito— o te parto en dos!

Se apartó de la roca, con cuidado de no pisar sus propios orines, sacó su telefonito y marcó el número de Mark.

Nada.

Bajó a paso rápido hacia el puerto y se sentó a una mesita en una terraza de un café.

Podía tomar al día siguiente el ferri de vuelta a Atenas; ya lo veía, doblando más allá de Cabo Rojo. Lo grabó en su telefonito mientras se acercaba a la pequeña bahía circular: una mancha blanca que iba agrandándose minuto a minuto. Ahora hizo sonar su poderosa sirena.

Pensó en poner una denuncia formal por la amenaza de que había sido objeto, pero le disgustaba la idea de convertirse en soplón, anotó. Y más abajo, citando *La Revelación*:

Rijo el mundo sin escrituras, muestro a mis amigos el camino por medios invisibles.

Para cuando terminó de beber su café, después de ver la llegada y la salida del ferri y el desfile de turistas recién desembarcados, el sol que descendía le daba en la cara. Era hora de ponerse en camino de regreso a casa, esta vez por la vereda paralela al asfalto de la Via Saboya, herencia de la ocupación musoliniana. La sombra de los eucaliptos a los lados del camino era más prometedora que el sol en el sendero de cabras y los cerros de la isla deforestada, escribió.

El Cabrito lo había intimidado, era cierto. Pero eso no iba a intervenir de ninguna manera en su trayecto por Leros, o lo haría solo de forma insignificante, anotó después de aquel paseo por la isla.

Tomó una ducha terapéutica y se tumbó, desnudo, en el camastro —los pies colgando en el vacío más allá del colchón. Pronto sería hora de tomar Mythos en compañía de Mark en la terraza bajo el emparrado.

Mark le había contado que tenía una novia griega en Patmos, la islita sagrada a poca distancia de Leros, con quien pasaba una semana de cada mes. Al día siguiente tomaría el ferri para dejar a Rupert solo en la casita. Sería una vacación, después de quince días de convivencia prácticamente ininterrumpida. Rupert había pasado solo la mayor parte de su vida adulta y no le molestaba la soledad. Los intervalos de convivencia con cuatro o cinco mujeres a lo largo de su vida habían sido excepciones más bien infructuosas. Y si una existencia en pareja no daba alguna especie de fruto, tendía a ser desdichada, como había reflexionado en varias ocasiones. Al mismo tiempo, saber que estaría solo en la casita y que daría los talleres sin Mark era una fuente de ansiedad.

No está bien de la cabeza —dijo Mark al oír el relato del encuentro de Rupert con el Cabrito—. ¡Es un peligro, de verdad! Estamos en Leros, pero también, de alguna manera, estamos en Mesopotamia, no hay que olvidarlo. Otras leyes, otra vida, amigo.

Rupert dijo que no lo olvidaba.

Hacia el final de una novela de Karl May situada en el Kurdistán, cuyo recuerdo lo asaltó inesperadamente, el héroe logra capturar al jefe de unas tropas musulmanas que asedian la ciudad sagrada de «los adoradores del diablo», quien ha dado muerte a la mujer del sumo sacerdote de estos. El jefe musulmán, sometido a juicio, es condenado a morir en la hoguera. Cuando la condena está consumándose, el sacerdote salta al fuego para inmolarse él también.

No hay que estar triste. Ha tomado un atajo hacia una nueva existencia, dice un personaje en la novela de May.

Una noche soñó que caminaba por el sendero que llevaba de Lakkí a la casa de Mark, que hacía cinco días que estaba en Patmos. En el sueño, Rupert descansa a la sombra de un grupo de árboles. Está mirando por entre las ramas la superficie del mar, cuando oye un frufrú a sus espaldas y se vuelve. Primero ve los pies, descalzos, uno en el aire, el otro apoyado en una rama. Unas faldas color lila se pierden entre el follaje. Da unos pasos en dirección al árbol. Un cordel rojo cae, casi llega hasta el suelo, desde lo alto del árbol. Ve entre las ramas la cabeza de una muchacha. ¡Es Jaín! Pero una expresión de terror le afea la cara.

Qué haces —le pregunta Rupert, y luego mira el cordel que la muchacha amarra a una rama.

Quiere un hijo, oye decir (en el sueño) a alguien invisible.

La muchacha se pone el cordel alrededor del cuello. Él se lanza hacia el árbol y recibe un rodillazo en plena frente. Se tambalea. Abraza el cuerpo por las piernas para sustentarlo y hunde las narices en el vientre, muy suave, oloroso a detergente barato (*como la funda de mi almohada*, escribirá después).

Está un momento sosteniéndolo en el aire en un abrazo apretado. Pero cuando vuelve la vista a lo alto, ve que el cuerpo que sostiene no es el de Jaín. ¡Es el Cabrito!

Comienzo a tirar hacia abajo con todas mis fuerzas
y me despierto. Me levanto y salgo a la terraza. Debo irme
de Leros antes de que sea demasiado tarde. Aquí, en estas
líneas, su escritura cambia, las letras se dilatan, se tuer-
cen las líneas, se puede percibir su alteración.

De vuelta en el cuarto abrió el maletón que le
servía de armario para sacar un estuche de medicamentos, donde guardaba un frasquito de píldoras
(receta del doctor Galanis) que atraían el sueño y
apartaban la ansiedad.

Tomo una y, haciéndola rodar de un lado para otro
con la punta de la lengua contra el cielo de la boca, es-
pero a que se vaya disolviendo.

Volvió a tumbarse en la cama, tranquilizado por
el prospecto de un sueño seguro y una amargura
química que le era familiar.

Aquel día el tema de composición fue la isla de
Leros. Rupert leyó en voz alta las composiciones fa-
voritas, una en verso, otra en prosa.

> *En Leros los árboles ya no crecen*
> *en las orillas hechas de grandes rocas*
> *Nada más se aferran a ellas*
> *tenazmente*

Y:

Me senté a la sombra de un olivo en Leros y vi que en su
tronco y en sus ramas había una población de chicharras.

¡Quién ha visto los ojos de una chicharra! Pequeños como cabezas de alfiler, sobresalen a ambos lados de un piquito de loro. ¿Sienten miedo? Han regado sus huevitos por ahí y tú podrías aplastarlos, sin darte cuenta, al apoyar tu mano en una rama para levantarte y seguir andando. ¡Qué fresca es la sombra de un olivo en el calor de Leros!

Mark volvió de Patmos temprano el lunes por la mañana, y Rupert fue a recogerlo en el auto a Lakkí para luego dirigirse directamente al *hotspot*.

Durante aquella sesión los talleristas fueron invitados, por Mark esta vez, a escribir un poema sobre la compasión. Rupert y Mark harían lo mismo, dijo Mark, lo cual tomó a Rupert por sorpresa. Sin embargo, sin protestar ni hacer comentarios se sentó a uno de los pupitres de la última fila, sacó su cuaderno y una pluma y se puso a escribir, según se lee en los informes de Mark.

¿Estaría pensando en cuánta compasión podría sentir un padre wazarí al enterarse de que una de sus hijas se ha enamorado de un infiel? En la última página que usó de su cuaderno, leí:

> *Querida pulga,*
> *querido virus,*
> *¿por qué me cuesta*
> *tanto tratarte*
> *como podría*
> *tratar a un lobo*
> *o a un zorro,*
> *como a un hermano,*
> *como a un igual?*

¿Sería consciente de que cometía un plagio?

Otro día tocó el turno a los poemas de amor. Jaín escribió:

De amor, mi amor,
no puedo
escribir
bien

Esa tarde, la última que pasaría en Leros, tendido en el camastro que le quedaba corto, los pies colgando en el vacío, Rupert escribió:

¿Estará dispuesta a romper las reglas y evadirse con él del campamento, de su tradición y su pasado?

IV.

Estaba en una tienda de accesorios electrónicos en el centro de Sharia, en el Kurdistán, y me demoraba oyendo CD con grabaciones de música wazarí. Destacaban las del Libnani, el prolífico músico cuya familia había emigrado al Líbano durante la gran persecución islamista contra «los infieles» en el tiempo de los Omeya. Se habían hecho pasar por musulmanes durante generaciones, siguiendo el ejemplo del Sheikh Mutasim, el gran reformador del wazarismo, como me explicaba el propietario de la tienda, amigo de mi anfitrión en Sharia, cuando recibí en mi telefonito una llamada del doctor Galanis. Me disculpé con el propietario y salí de la tienda para atender la llamada.

El doctor me preguntó dónde y cómo estaba, cuándo pensaba volver del Kurdistán.

Le conté que al día siguiente iría a Lal, la ciudad sagrada de los wazaríes, quienes celebraban entonces el regreso de la primavera, el inicio de un año más desde la creación de la vida en la Tierra, o el momento en que la masa de roca líquida que era la Tierra comenzó a solidificarse, cuando el Ángel Más Brillante de Todos la tocó por primera vez (en el sitio donde Lal fue construida) para darle forma de huevo.

En Leros las cosas se han complicado —me interrumpió el doctor— con tu *alter ego*. Te cuento cuando vuelvas. Cuídate mucho.

* * *

Dos días más tarde envié al doctor desde Erbil un reporte de mi visita a Lal, acompañado de fotos tomadas con mi iPhone. (Algunas hacen pensar en iluminaciones de escenas bíblicas: en una amplia estancia de piedra, hombres con túnicas de mangas anchas y zaragüelles blancos, turbantes rojos y bigotes muy largos; jóvenes adornadas al modo oriental, ¿en busca de novio?, como lo estarían siglos atrás las vírgenes mesopotámicas —las mujeres casadas, algunas con tatuajes en la cara, iban de blanco—, con faldas de seda color lila o vino tinto, chales cruzados y la cabeza cubierta con turbantes como pequeños cascos ceñidos por cadenas con colgantes de monedas doradas.) Lo reproduzco más abajo a modo de digresión. (Todo en nuestras vidas —ahora me lo parece— no es más que un encadenamiento de digresiones, hasta el momento de nuestra desaparición.)

Lal, martes 19 de abril, 2022

En la ciudad sagrada de Lal —un recinto monástico fundado por el Sheikh Mutasim y sede del Gran Baba, máxima autoridad religiosa wazarí— es obligatorio andar sin zapatos. Construida en el siglo XII en medio de un valle de piedra plantado de robles, moreras y olivos, Lal es un complejo de templos bajos o subterráneos coronados con pirámides estriadas, como enormes puntas de lanza, rematadas con globos dorados que brillan aquí y allá entre los árboles, en cuyas ramas las jóvenes atan cordeles de colores para pedir descendencia. A la entrada del recinto hay un arco de medio punto coronado por un sol de piedra color crema con veinticuatro puntas. Debes evitar pisar el umbral al pasar bajo este arco; y, si quieres pedir buena suerte para el año venidero, debes correr por una calzada hasta una gran piedra sin labrar situada a unos quince metros a la izquierda del camino principal, entre la hierba salpicada de anémonas rojas —las flores sagradas del mes de Nisán—, para recoger un guijarro del suelo frente a la piedra, colocarlo sobre esta, entre otros cientos de guijarros depositados allí por otros fieles, con cuidado de que no ruede y caiga al suelo. Mujeres, hombres y niños participan en estas carreras en un ambiente de alegría contagiosa.

En el centro de Lal, en un patio atestado de gente que separa el templo principal del refectorio, los fieles se saludan, ríen, intercambian huevos pintados de colores, preparan ofrendas de fuego, y hacen cola para acercarse a besar la mano del gran Baba, que está sentado plácidamente en un diván. *Otra* muchedumbre se mueve en el paisaje de mis recuerdos. Las almas de los otros podrían ocuparme y mi alma a su vez podría ocupar el sitio de las almas de los otros...

Avanzo a través de la gente hasta la puerta del templo principal. Junto a un marco de granito gris, una serpiente ennegrecida secularmente con el aceite quemado en las lámparas que alumbran el interior del templo se eleva a la altura de un hombre. Simboliza la metempsicosis, eje del credo wazarí. Dentro del templo subterráneo están las tumbas de los primeros *sheikhs* de Lal, y, templo adentro, hay un largo corredor alumbrado por pequeñas lámparas de aceite cuyas paredes están cubiertas con huellas de manos de distintos tamaños estampadas con aceite quemado. El motivo tiene un efecto gozoso, como el de un gesto inocente y optimista —una suerte de aplauso estampado por generaciones de almas devotas—. Al final del corredor hay un ojo de agua oscura «donde el Ángel de la Muerte lava su espada después de tomar un alma».

[...]

V.

El vuelo de Turkish Airlines con el que hice conexión en Estambul, proveniente de Erbil, aterrizó en Salónica un jueves por la tarde. Tomé un taxi directamente al centro experimental del doctor.

Estaba en su oficina, sentado de espaldas a la puerta, mirando por el ventanal el paisaje de montañas doradas por el sol. Se puso de pie al oírme entrar, rodeó el gran escritorio de madera y mármol con el que yo solía asociarlo últimamente, y me indicó que dejara mi maleta en una esquina junto a la puerta. Me dio la mano y me felicitó por el artículo, que le había enviado la víspera. Fue menos elogioso de las fotografías y las grabaciones de música wazarí, que también le mandé desde Erbil.

Todo eso podría ser material para un libro —me dijo—. Piénsalo.

Las curiosidades y contradicciones que habría que explicar sobre esta gente, y las atrocidades que han sufrido a lo largo del tiempo, ayudarían a vender ejemplares, es seguro. Pero la sola sospecha de oportunismo que un libro así despertaría me disgusta —le dije.

Esa es una manera demasiado fácil de eludir una responsabilidad, ¿no crees?

Tal vez.

Seguro.

En Sharia, una sobreviviente me contó cómo los milicianos le partieron el vientre a una mujer embarazada —dije, para salir del tema—. Le sacaron el feto y lo cortaron en pedazos ante una multitud en el centro de la aldea. ¡Como hicieron en Guatemala tantos soldados de origen maya (comandados por generales mestizos o blancos asociados con hombres de negocios mestizos o blancos) con tantas mujeres mayas! ¡Los designios de los Imperios! ¿Conocen ustedes, quiero decir los científicos, la razón de tanto ensañamiento? ¿Se te ocurre algún tratamiento masivo para reducir nuestra agresividad?

Creo que vas por buen camino —fue la respuesta del doctor—. Espero que puedas volver a escribir ficción.

No mencionó a Ranke hasta un momento antes de despedirnos.

¿Qué le pasó? —quise saber.

Bajó los ojos a la superficie de mármol, en la que su cara y parte de su torso estaban reflejados, y movió lentamente la cabeza. Alzó la mirada después de un momento que se me hizo muy largo.

No acabó bien —dijo finalmente—. Cometió un error muy grave. Pero debo confesar que me siento un poco culpable.

¿Culpable de qué?

Mira —me dijo, mientras tiraba de una gaveta—. Aquí está esto.

Dos cuadernos de dibujo con portadas de mapamundis.

Eran suyos. Luego te mando un enlace con los informes que el doctor Lidell me mandó de Leros.

Me pregunté si el *sheikh* Faruq mandaría informes al doctor sobre mi estadía en Sharia.

A ver si puedes hacer algo con todo esto.

Empujó los cuadernos por encima de la mesa. Los guardé con cuidado en mi mochila.

¡Un trabajo en colaboración! —dijo a mis espaldas cuando yo salía por la puerta, arrastrando mi maleta—. Sería obra de los tres, ¿no te parece?

Me volví para verle la cara. No sonreía.

No me lo esperaba —dijo—. De verdad. Pero ¿de quién es en realidad la culpa, suponiendo que hubiera culpa?

FINAL

Es mediodía y ha concluido una sesión más del taller. Rupert se ha quedado en la tienda con Jaín, que viste una túnica lila pálido y un turbante negro y aterciopelado. Él está de pie cerca del pupitre donde ella permanece sentada. Discuten el último poema que Jaín leyó, y que fue el favorito, un poema de catorce versos cuyo tema, «el hermano del otro mundo», se refiere a un concepto wazarí sobre el amor y la reencarnación.

Si me muero —dice Rupert— me gustaría ser tu hermano al renacer.

¿Por qué vas a morirte? —le pregunta Jaín.

Rupert se queda pensativo, pero está buscando la solución para un problema de otra naturaleza —la manera de hacerle comprender lo que quiere poner ahora mismo en juego.

¿Por qué vas a morirte? —insiste Jaín con una vocecita aguda, como si le hablara a un niño.

Rupert explica que debe irse de Leros pronto y ella dice que lo comprende. ¿Pero qué podía comprender?

Si me muero, digamos, en el viaje. En el barco. O en el avión —dice. Pero sabe que está evadiendo el problema.

Jaín asiente.

¿Tal vez será posible entenderse mutuamente?

No tengo mucho, piensa decirle, pero eso puede bastar. Con lo que tengo (una cuenta bancaria en

Ginebra, otra en Atenas) puedo ofrecerte el reinicio de una vida en otra parte del mundo, cerca de mí o no. Eso, tú podrás decidirlo más adelante.

Te quiero —dice Rupert torpemente. ¿No comprendía? No es claro—. Es muy extraño. Te quiero como a una hija, de verdad, no sé. ¿No me entiendes, cierto?

Silencio. No tiene ni siquiera la posibilidad de pensar en alejarse de su gente. Le pregunta:

¿Tú quieres quedarte aquí?

Un haz de luz entra por la ventana opuesta a la puerta. Fuera se ve la silueta fantasmal del viejo olivo, tras el cual podía ocultarse el Cabrito.

Le parece increíble, pero ha oído decir a Jaín:

Yo también te quiero.

¿Adónde te gustaría ir? —pregunta con urgencia—. Deberíamos irnos.

Jaín mira al suelo, clava los ojos en el suelo. Parece asustada. Niega con la cabeza. No dice nada. Pero ahora alza los ojos y lo mira.

Rupert siente un hálito de esperanza. ¿La cosa podría funcionar?

No sé —dice Jaín, como si le leyera el pensamiento.

Yo sé que soy mucho mayor que tú. Pero no tienes que preocuparte.

Jaín se sonríe.

Gracias —dice. Aparta la mirada.

¿Sigues pensando en estudiar Matemáticas? —no se le ocurre otra cosa que decir.

La expresión de Jaín cambia; los ojos bien abiertos:

Me gustaría ser poeta.

Unas voces que se acercan a la tienda por el lado de la puerta interrumpen la conversación, que actúa en el suizo como una droga.

¡Claro! —exclama Mark, al irrumpir en la tienda seguido por cuatro hombres con bigotes largos y poblados.

Miran a Rupert fijamente; le hacen pensar en la morsa devoradora de ostras del libro de Alicia. Rupert vuelve la mirada a la ventana. Ve al Cabrito, que está de pie junto al viejo olivo, como al acecho, y siente una sacudida.

Pendejo —le dice Mark—. Retrasado mental.

Rupert dice que no entiende. Retrasado mental por hablar de amor, es claro, piensa.

¡Han estado grabándote!

Tal vez en otra vida —susurra Jaín, cuando Rupert tiene que dejarla para irse con Mark y uno de los hombres de bigotes largos, lleno de miedo.

Como no tiene ningún conocimiento de la lengua wazarí, no sabe qué le preguntan a Jaín aquellos hombres cuando él sale de la tienda, ni lo que ella les contesta; pero percibe la desesperación en su voz.

«En medio de los gritos y lamentaciones de la joven y las risas y burlas de sus acusadores, le arrancaron las vestimentas.» Las palabras empleadas por Mark al describir la ejecución de honor de una chica wazarí enamorada de un musulmán se convierten para Rupert en una visión insoportable.

Otro hombre aguarda fuera de la tienda. Atado por el cuello con un cordel rojo lleva un perrazo negro, la lengua de fuera, las orejas alzadas, los ojos fijos en el interior de la tienda. Inquieto, el perro lanza dos ladridos breves, muy agudos.

(*Yo no pretendo probar nada* —había dicho el doctor Galanis—. *Solo quiero ver cómo funcionan las cosas.*)

Caminan sin hablar, Rupert entre Mark y el wazarí, hasta el estacionamiento. Mark y Rupert suben al auto.

Te llevo directamente al puerto —dice Mark—. El ferri a Atenas sale a las seis. Hay tiempo, pero no mucho. Te mando tus cosas más tarde o mañana.

Necesito mis llaves. Las llaves de mi apartamento —Rupert protesta—. Mis notas. Mis pastillas.

No has entendido. Tienes que irte. Ya.

Pero. Pero... —sacude la cabeza.

Te las mando en cuanto pueda. ¿A cargo del doctor?

Prefiero no tener que ver al doctor.

En el ferri, mientras ve desde la popa la estela espumeante que siempre lo fascinó, recuerda otro viaje en barco que hizo de niño con sus padres. Fue la primera vez que contempló la idea del suicidio —y desde entonces las estelas de los barcos ejercen sobre él una atracción extraña. ¿Debería saltar y hundirse para siempre?

¡Necesita sus pastillas aún más que sus llaves o sus notas!

Las mujeres son átomos o tal vez moléculas con signos opuestos a los de los hombres, piensa. Ni superiores ni inferiores, simplemente atrayentes. Su presencia corporal, su cercanía física afecta los procesos mentales de los hombres como él. Los guía, a veces, y a veces los desencamina. Los hace vulnerables, y en algunos casos, víctimas. No exactamente víctimas de las mujeres, sino de sus propios deseos.

Tal vez en otra vida. Una prisa extraña por iniciar una vida nueva se ha apoderado de él. *Un cambio de ropa*, dice en voz baja, los ojos fijos en la espuma ondulante de la estela. Ese es el camino. ¡Ha comprendido!

Nadie vive ni un momento más de lo que yo determino...

Sí. Tal vez en otra vida volverá a encontrarse con Jaín.

La travesía se le ha hecho demasiado larga. Debió saltar al agua antes, *años antes*. Cuando llegan al Pireo acaba de amanecer. El cielo está despejado. Baja del ferri y se dirige a la calle en busca de un taxi.

Conoce una cantina en lo alto de un edificio cerca de la plaza Síntagma.

Plaza de la Constitución —le dice al taxista, después de asegurarse de que puede pagar con una tarjeta de débito, la única que lleva consigo.

Como el joven sirio del que había hablado Mark, Jaín había desaparecido sin dejar rastro. Es lo que asegura Mark en sus últimos mensajes de texto, una y otra vez.

Sin dejar rastro. ¿Cómo puede ser? —textea.

Silencio.

Es para temer lo peor —Rupert insiste—. No puede ser tan fácil desaparecer en Leros. ¡Tenemos que hacer algo! —textea una y otra vez.

Silencio.

Es muy temprano y poca gente camina por las calles. Un recepcionista somnoliento lo deja entrar al edificio, atraviesa el vestíbulo hasta el pequeño elevador. Sube al noveno piso. ¿No hay nadie en la cantina? Las puertas están abiertas.

Sale a la terraza, amplia y luminosa. Bajo un toldo blanco, las mesitas de hierro están vacías, desnudas; las sillas, unas sobre otras, patas arriba. Ve, hacia el poniente, la colina del Observatorio y, más allá, hacia el sur, en una franja de mar, la isla de Égina. Dos tórtolas alzan el vuelo. Sorteando unos tiestos de romero y laureles, se arrima al borde.

La calle, lejana, desierta, está ahí para recibirlo.

En memoria de Mónica Rey Rosa

Nota del autor

El destino de la joven Jaín no ha sido tan aciago como Rupert Ranke lo vislumbró; pudo migrar con su familia de Leros a Érfurt, Alemania, donde, según uno de mis informantes, cursa estudios de Antropología.

Índice

Este libro se terminó
de imprimir en
Móstoles (Madrid),
en el mes de
enero de 2024

«Para viajar lejos no hay mejor nave que un libro».

EMILY DICKINSON

Gracias por tu lectura de este libro.

En **penguinlibros.club** encontrarás las mejores
recomendaciones de lectura.

Únete a nuestra comunidad y viaja con nosotros.

penguinlibros.club